# Sue & Alex

Auftakt des Bösen

Ruby Bley

# Sue & Alex

—

## Auftakt des Bösen

*Bibliografische Information der Deutschen Nationalbibliothek:*
*Die Deutsche Nationalbibliothek verzeichnet diese Publikation in der Deutschen Nationalbibliografie; detaillierte bibliografische Daten sind im Internet über http://dnb.dnb.de abrufbar.*

Umschlagsgestaltung: Ruby Bley
Umschlagsillustration: Ruby Bley
1. Auflage 2021

www.facebook.com/RubyBley/
www.instagram.com/rubybley
https://rubybley.jimdofree.com/
ruby.bley@gmx.de

Herstellung und Verlag: BoD – Books on Demand, Norderstedt

ISBN: 978-3-7534-6210-3

Wenn die Welt in der wir leben, an manchen Tagen auch noch so trist und grau erscheint, so gibt es noch die Welt der Bücher. Sie bringt einen weit fort, an einen Ort, wo alles möglich ist.

# Alles ändert sich

# Kapitel 1

## Sue

Heute ist ein eiskalter Freitag im Oktober. Draußen stürmt es und der Wind pfeift laut durch das kahle Geäst der Bäume, welche am Straßenrand aufgereiht stehen. Der Himmel ist in einem tristen Grau gefärbt und lässt keinen Lichtblick zu.

Trotz Heizungswärme und geschlossener Fenster, jagt es einem eine Gänsehaut über den Körper. Ich sitze gerade in Gelsenkirchen, in dem Büro einer Anwaltskanzlei, an meinem nussbraunen Schreibtisch. Sehnsüchtig warte ich darauf, dass es endlich auf den Feierabend zugeht und spiele dabei an meinen schulterlangen, schwarzen Haaren. Ungeduldig lasse ich einen Stift zwischen meinen Fingern auf und ab wippen.

Heute ist so wenig zu tun, dass ich schon gar nicht mehr weiß wie ich mich beschäftigen soll. Sogar alte Akten habe ich durchgeblättert, nur um zu schauen, ob auch alles korrekt archiviert wurde. All meine Hauptaufgaben waren bereits am Vormittag abgearbeitet und mein Schreibtisch wirkt wie leergefegt.

Ununterbrochen denke ich darüber nach, wie mein weiterer Tagesablauf aussehen wird. Das verschafft mir zumindest ein wenig Ablenkung.

Endlich habe ich es geschafft. Die Zeiger der Uhr, welche an der gegenüberliegenden Wand hängt, springen mit einem leisen *Tick* auf siebzehn Uhr. Voller Freude fahre ich den Computer herunter und schalte den Anrufbeantworter ein. An diesem Wochenende werde ich endlich seit langer Zeit wieder mit meiner besten Freundin ausgehen. In den letzten Wochen gab es so viel zu tun, dass da leider kein Platz für private Treffen war.

Rasch schwinge ich mich in meinen warmen Mantel. Ich liebe ihn einfach, denn er kaschiert wunderbar die kleinen Fettpölsterchen, welche sich nach meinem 30. Geburtstag still und heimlich in mein Leben geschlichen haben und nun seit drei Jahren an Ort und Stelle verweilen. Da kann ich versuchen was ich will. Aber was beschwere ich mich. Es ist alles gut verteilt und ich bin gesund, das sollte das Wichtigste sein.

Froh gestimmt schnappe ich mir meine Handtasche und wünsche meinem Chef, Herrn Klattner, ein schönes Wochenende. Mein Vorgesetzter ist in den Vierzigern, hat graumeliertes Haar und eine etwas stabilere Figur, was ihn sehr sympathisch und vertrauenswürdig wirken lässt. Für seinen Beruf ist Sympathie unabdingbar.

Es beginnt leicht zu nieseln, als ich gerade auf dem Weg zu meinem Wagen bin. *Nicht das auch noch,* geht es mir durch den Kopf und ich muss tief durchatmen. Die kleinen, feinen Wasserperlen legen sich auf den Stoff meines Mantels, welcher das Wasser sofort wie ein Schwamm aufsaugt. Zum Glück regnet es nicht stärker, sonst wäre ich direkt bis auf die Knochen nass. Rasch steige ich in meinen alten, kleinen, schwarzen Wagen. Noch leicht bibbernd starte ich den Motor und stelle mit zittrigen Fingern die Heizung direkt auf Warm ein.

*Hoffentlich wird die Karre schnell heiß*, denke ich, während ich mir meinen warmen Atem in die Hände puste. Ich erkenne schon kleine bläuliche Flecken auf den Handrücken. Mein Gott, wie soll das bloß im Winter werden.

Da ich heute noch einiges vorhabe, muss ich mich beeilen und fahre umgehend los. Wie immer setze ich mich selbst ganz schön unter Zeitdruck und nehme es mal wieder mit der zulässigen Geschwindigkeit nicht ganz so genau. Zehn km/h sind nicht allzu schlimm, sage ich mir immer wieder. Doch als ich in den Rückspiegel schaue, kann ich auch schon Blaulicht sehen und eine Meldung, dass ich anhalten soll.

*Mist. Das darf nicht wahr sein*, denke ich und werde hibbelig. *Wieso muss es mich ausgerechnet heute treffen?*

Brav halte ich an der Seite an und krame in meiner Tasche nach den Fahrzeugpapieren und meinem Führerschein. Auch wenn es mittlerweile zur traurigen Routine geworden ist, schaue ich aufgeregt durch die, von Wassertropfen verschleierte Scheibe und merke sofort, dass dieser Polizist nicht wirklich gut gelaunt zu sein scheint. Optisch ist er ein Knaller, denn er ist groß, wirkt recht sportlich und hat nicht zu kurzes, dunkelblondes Haar. Doch er zieht ein Gesicht, als wenn er mich gleich ordentlich zusammenstauchen wird. Auf das Schlimmste gefasst, kurble ich die Scheibe hinunter und werde auch gleich in einem mehr als nur schroffen Ton angesprochen.

»Führerschein und Fahrzeugpapiere! Sie wissen schon warum wir Sie angehalten haben?!«

Mir bleibt die Spucke bei dieser Unfreundlichkeit weg, daher nicke ich nur. Wenn er nicht in einer Uniform stecken würde, könnte ich ihm nun das Passende sagen, aber noch mehr Ärger kann ich jetzt nicht gebrauchen, sonst komme ich hier nie weg. Der Beamte bringt die Papiere zu seinem Kollegen und wartet auf die Überprüfung der Personalien. Nach einigen Minuten kommt er zurück zu meinem Wagen und brummt mehr, als dass er redet.

»Hier, Ihre Papiere. Sie werden die Tage einen Bescheid über die Höhe Ihrer Strafe bekommen. Halten Sie sich ab jetzt an die Geschwindigkeitsbegrenzungen!«

»Wie viel bin ich denn zu schnell gewesen?«, frage ich verunsichert.

»Das sollten Sie doch wohl am besten wissen! Übung darin haben Sie ja bereits.«

Er dreht sich um und trottet durch den Nieselregen wieder zurück zu dem Dienstwagen. Ich atme tief durch und warte darauf, dass sie losfahren, um mich hinter sie zu setzen. Doch es scheint als würden sie ausharren, bis ich mich als erstes in Bewegung setze. Frustriert ordne ich mich in den Verkehr ein und tatsächlich, nun fahren auch die Polizisten los. Immer wieder blicke ich in den Rückspiegel und frage mich, wann die endlich abbiegen oder wenigstens nicht mehr in die gleiche Richtung fahren, wie ich. Doch sie folgen mir so lange, bis ich bei mir zu Hause ankomme und parke.

»Endlich sind die Idioten weg«, murmle ich.

Hastig schnappe ich meine Tasche vom Beifahrersitz und spurte zur Haustür. Meine Wohnung befindet sich im Erdgeschoss, auf der rechten Seite. Genervt stecke ich den Schlüssel in die Tür und bin froh endlich in meinen vier Wänden zu sein. Ich liebe meine Wohnung. Sie hat eine tolle Aufteilung. Links befindet sich auf der linken Seite das Bad. Es ist kein großer Raum, aber dennoch habe ich eine Badewanne, welche ich nicht missen mag. Nach einem harten Arbeitstag ist das Beste was man bekommen kann, die wohltuende Wärme des Wassers, die einen umschmeichelt.

Vom Eingang direkt nach rechts, auf der rechten Seite, befindet sich mein Schlafzimmer. Es ist sehr geräumig und ich habe mir extra ein Doppelbett gekauft. So kann ich mich ausbreiten, wie es mir beliebt. Diese kleinen Betten, kann ich nicht ausstehen. Irgendwie denke ich immer, dass ich da raus purzeln könnte. Gegenüber des Schlafzimmers ist mein Wohnzimmer. Klein aber fein, so würde ich es beschreiben. Meine Couch steht rechts in der Ecke und füllt diese L-förmig aus. So habe ich den perfekten Blickwinkel auf meinen TV, welcher auf der anderen Seite steht.

Geradeaus ist eine große Glastür, die geradewegs auf die Terrasse führt. Meine Küche allerdings ist gewöhnungsbedürftig, denn sie hat zwei Eingänge. Einer liegt im Wohnzimmer, neben meinem Schrank und der andere im Flur. Eine Tür hätte mir vollkommen gereicht. Aber wer weiß, was die sich damals bei dem Bau so gedacht haben.

Während ich mich umziehe, mache ich mir das Essen vom Vortag in der Mikrowelle warm. Mein Magen hängt schon halb auf dem Boden, denn ich habe am Morgen vergessen mir Brote für die Arbeit zu schmieren, was leider häufiger vorkommt. Irgendwie schaffe ich es immer mich zu spät aus meinem Bett zu schwingen. Da bleibt dann für so etwas wie Frühstück vorbereiten keine Zeit.

Nachdem ich endlich gesättigt bin und mein Magen aufgehört hat zu rebellieren, rufe ich meine beste Freundin Nina an. Wir sind schon gemeinsam in den Kindergarten gegangen und als Nachbarn aufgewachsen. Ich berichte ihr natürlich sofort von meinem Pech mit dem Knöllchen und dann quatschen wir über alles andere, was an diesem Tag bisher geschehen ist. Weil wir für den Abend verabredet sind und ich mich noch ein wenig herausputzen muss, beende ich das Gespräch.

»Du, ich mache mich eben schnell fertig, sonst schaffe ich das nicht mehr pünktlich. Wir haben gleich schon neunzehn Uhr.«

»Ja, kein Thema. Ich stehe vor dem gleichen Problem«, lacht Nina auf der anderen Seite der Leitung.

Eilig watschle ich durch mein Wohnzimmer und gehe auf die Terrasse, um eine Zigarette zu rauchen. Eigentlich möchte ich es selbst nicht mehr, doch aufhören scheint für mich eine unüberwindbare Hürde zu sein. Da ich es aber nicht mag, wenn meine Wohnung danach riecht und sich der Gestank in meinen Klamotten fest-setzt, habe ich mich kurzerhand vor einiger Zeit nach draußen verbannt. Leicht bibbernd vor Kälte, stehe ich nun im Dunkeln und starre in den Garten hinaus. Huch. Ich zucke zusammen. Da war doch etwas. Ich bin mir sicher, da war ein Schatten zu sehen. Irgendetwas ist eindeutig in das Gebüsch zu dem Nachbargrundstück gehuscht und das war nicht gerade klein. Irritiert versuche ich in der Finsternis etwas zu erkennen, aber es ist einfach zu duster.

*Vielleicht war es auch einfach nur eine Katze. Nein, dafür war es eindeutig zu groß. Gibt es hier Raubkatzen?*

Ich meine mich daran erinnern zu können, dass aus dem nahegelegenen Zoo mal ein Tier ausgebrochen sein soll. Dann höre ich kurz darauf ein leises Knurren aus der Richtung des Gebüsches. Hastig ziehe ich noch einmal kräftig an meiner Zigarette, bis sie leuchtend rot aufglimmt und mache sie dann aus. Unentwegt denke ich darüber nach, von was dieser Schatten gewesen sein könnte, aber ich finde keine wirkliche Erklärung. Wahrscheinlich war es doch nur eine Katze. Die Dunkelheit spielt einem ja auch bei der Größe oft einen Streich.

Ich style mich für die Party und rufe mir für einundzwanzig Uhr ein Taxi. Mein Auto soll an diesem Abend stehen bleiben, denn ich möchte mal wieder etwas trinken. Kurz vor dem Eintreffen des Fahrers, gehe ich vor die Tür, um meiner Sucht abermals nachzugeben. Es ist draußen so kalt, dass ich mir Handschuhe überziehen muss. Wartend laufe ich langsam ein Stück bis zur Straße. Hinter mir vernehme ich erneut dieses leise

Knurren. Mit steigendem Puls drehe ich mich um. Alles ist ruhig und ich kann nichts entdecken. Es wird mir flau in der Magengegend. Alles in mir schreit, dass ich flüchten soll. Nur wovor? Genau in diesem Moment erscheint der gerufene Fahrdienst. Der Fahrer hält direkt vor mir an und ich steige so schnell es geht ein.

In der Disco angekommen begrüße ich Nina überschwänglich. Man könnte meinen, wir hätten uns seit Ewigkeiten nicht mehr gesehen. Die Luft ist erfüllt von diversen Gerüchen. Alkohol, Parfüm und Schweiß reihen sich aneinander, bis sie zu diesem typischen Duftcocktail der Diskotheken vermengt sind. Gut gelaunt und mit einem Glas Bier in der Hand, berichte ich meiner Freundin von dem Schatten und dem Knurren. Doch auch sie ist der Meinung, dass es sich um eine Katze handeln muss.

»Aus eigener Erfahrung weiß ich, dass Katzen auch sehr gut knurren können. Wahrscheinlich ging es da um Revierkämpfe.«

Erleichtert über die Zustimmung feiern wir ausgelassen, bis in die frühen Morgenstunden. So viel Spaß hatte ich schon seit einer halben Ewigkeit nicht mehr. Sehr müde und leicht angetrunken komme ich um fünf Uhr in der Früh wieder nach Hause. Ich schaffe es noch, meine Sachen auszuziehen, mir meine Schminke halbwegs abzuwaschen und mich dann völlig erschöpft, in mein kuscheliges Bett fallen zu lassen.

*Endlich schlafen,* ist der letzte Gedanke, bevor ich in die Traumwelt entfliehe.

# Kapitel 2

Ich erwache relativ früh. Eigentlich viel zu schnell, nach dieser durchzechten Nacht. Noch im Schlaftaumel ziehe ich mir etwas über, um auf die Terrasse gehen zu können. Plötzlich tauchen Bilder von gestern vor meinen Augen auf und ich erinnere mich an den Schatten und das Knurren vom Vorabend.

Neugierig mustere ich den gesamten Garten und inspiziere aus sicherer Entfernung das Gebüsch. Alles scheint normal und friedlich. Wahrscheinlich war es wirklich nur ein kleines Tierchen. Erleichtert gehe ich zurück in die Wohnung und ziehe bei allen Fenstern die Rollläden hoch. Nach einer Tasse heißen Kaffee, mache ich mich gemächlich fertig, um für die nächste Woche einkaufen zu gehen. In meinem Kühlschrank herrscht schon seit zwei Tagen eine gähnende Leere.

Auch heute habe ich ein gutes Tempo drauf und werde natürlich prompt wieder von der Polizei angehalten. *Nicht schon wieder,* schießt es mir durch den Sinn und ich streiche beschämt durch mein Haar. Ein Blick in den Rückspiegel reicht aus und es ist perfekt. Es kommt tatsächlich derselbe Polizist, welcher mich schon am Tag zuvor anhielt, auf den Wagen zu gelaufen. So viel Pech kann einer alleine doch nicht haben.

»Oh nein! Nicht das auch noch!«, fluche ich, während ich meinen Kopf gegen die Kopfstütze knallen lasse.

Um Fassung ringend kurble ich die Scheibe meines Wagens hinunter und werde auch direkt schroff angesprochen.

»Sie schon wieder! Hat bei Ihnen wohl gestern noch nicht gefruchtet. Aber vielleicht wird die nächste Strafe ja helfen. Ihre Papiere bitte!«

Sein Grinsen ist süffisant und er wirkt sehr überheblich. Ich meine, ja, er hat Recht. Ich habe einen oder eher gesagt zwei Fehler begangen, aber dennoch kann man freundlich bleiben. Wenn er zwischenmenschliche Probleme hat, dann sollte er nicht in so einem Beruf arbeiten. Aber wie sagt man so schön, Höflichkeit ist eine Zier...

Die ganze Situation ist mir so peinlich. Am liebsten würde ich gerade im Erdboden versinken und mich da aufregen, doch da muss ich jetzt wohl durch. Nachdem alles aufgenommen wurde, bekomme ich meine Sachen wieder und kann weiter zum Einkaufen fahren.

Ich bin so sauer auf mich. Das wird wieder ein teurer Monat werden. Egal wie sehr ich es auch versuche, ich schaffe es selten mich an die Geschwindigkeitsbegrenzungen zu halten. Immer bin ich etwas zu schnell. Mittlerweile habe ich schon etliche Knöllchen gesammelt, seitdem ich meinen Führerschein habe. Damit kann ich einen eigenen Ordner füllen oder eine Wand tapezieren. Der restliche Tag verläuft ruhig. Es gibt nur noch den wöchentlichen Hausputz zu erledigen, ansonsten kann ich ausspannen. Am Abend, gegen zweiundzwanzig Uhr, verschließe ich nach der letzten Zigarette alle Rollläden.

Heute kommt im Fernsehen ein guter Horrorfilm, welchen ich unbedingt schauen möchte. Mit meinem Oberbett und einer kleinen Schale Chips, mache ich es mir auf meinem Sofa bequem. Der Film ist schon ganz schön gruselig, so alleine. Immer weiter rutsche ich runter, bis ich fast komplett unter der Bettdecke verschwinde. Angespannt verfolge ich jede einzelne Szene, bis plötzlich das Rollo im Wohnzimmer anfängt zu klappern.

Erschrocken schnelle ich hoch und sehe mich panisch um. Mein Herz rast und meine Atmung scheint für einen kurzen Moment auszusetzen. Damit ich die Geräusche besser orten kann und mich auch niemand hört, schalte ich den Fernseher stumm. Erneut blicke ich mich in meinem Wohnzimmer um. Als alles ruhig bleibt, wage ich es wieder normal zu atmen.

»Ganz ruhig Sue. Das war nur der Wind. So etwas kommt öfters vor. Hätte ich doch nur auf den blöden Film verzichtet.«

Plötzlich scheppert das Rollo in der Küche.

»Okay, das ist auf keinen Fall der Wind. Dann würden alle Rollläden klappern.«

Kurz verharre ich und überlege, was ich machen soll. Aber hier liegen bleiben und auf ein Unheil warten, kann ich nicht. Vorsichtig tapse ich in die Küche und stehe vor dem besagten Fenster. Meine Angst steigert sich immer weiter, bis sie zu einer Panik ausartet. Der Radau will einfach nicht verstummen und mein Körper produziert unaufhörlich Adrenalin.

*Was, wenn jemand versucht hier einzubrechen? In der letzten Zeit gab es sehr viele solcher Vorfälle in der Nachbarschaft.*

Jeder Muskel in meinem Körper spannt sich an. Es dauert, bis ich wieder einen klaren Gedanken fassen kann. *Die Polizei. Ich muss die Polizei rufen.*

»Hallo, hier Martin Bach. Sie haben den Notruf der Polizei gewählt«, ertönt eine ruhige Stimme am anderen Ende.

»Hallo? Ich, hier ist jemand. Jemand versucht anscheinend in meine Wohnung einzubrechen. Oh mein Gott. Was soll ich machen?«, stammle ich beinahe hysterisch in den Hörer, so dass man mich kaum verstehen kann.

»Bleiben Sie ganz ruhig. Sind Sie sicher, wo Sie sich gerade befinden?«

»Ja. Ich denke schon. Die Rollos sind noch geschlossen.«

Ich stehe in meinem kleinen Flur und beobachte abwechselnd alle Eingänge zu den einzelnen Räumen.

»Gut, nennen Sie mir bitte Ihre Adresse. Ich schicke Ihnen sofort eine Streife vorbei«, sagt der Mann gleichbleibend ruhig.

Nachdem ich die Daten durchgegeben habe, lege ich auf. Mit dem Telefon in der Hand gehe ich wartend auf und ab. Ich habe so große Angst, dass ich bei jedem noch so kleinen Geräusch zusammen zucke. Nach einer gefühlten Ewigkeit schellt es endlich an der Haustür. Zögerlich gehe ich zu der Gegensprechanlage und spreche zaghaft hinein.

»Wer, wer ist da?«

Auf der anderen Seite erklingt die Stimme eines Mannes.

»Hallo, hier ist die Polizei. Sie haben den Notruf gewählt.«

Erleichterung macht sich in mir breit. Mit zitternden Fingern drücke ich auf den Türöffner, lasse jedoch die Wohnungstür noch verschlossen. Ich will erst durch den Spion schauen und ganz sicher sein, dass es auch wirklich kein Einbrecher ist.

Schnell luge ich hindurch und als ich die Uniformen erkennen kann, öffne ich den Beamten. Wie es der Zufall will, ist es derselbe Polizist, welcher mich schon zweimal wegen dem zu schnellen Fahren angehalten hat. Prompt friert meine Mine ein. *Das hat mir gerade noch gefehlt. Hoffentlich ist der nicht wieder so ein Ekel.* Überraschender Weise kann er auch anders. Obwohl er mich sichtlich wieder erkennt, bleibt er nett.

»Guten Abend, Stenn mein Name. Sie haben gemeldet, dass jemand versuchen würde bei Ihnen einzubrechen. Können Sie uns sagen, was genau geschehen ist?«, fragt er höflich nach.

Ich überschlage mich beim Sprechen fast, so dass die beiden Beamten versuchen mich zu beruhigen.

»Atmen Sie erstmal tief durch. Wir sehen uns das an«, sagt Herr Stenn.

Er und sein Kollege schauen sich in der Wohnung und im Garten um, doch weit und breit gibt es keine Spur von einem Einbrecher.

»Hier scheint alles ruhig zu sein. Wahrscheinlich ist derjenige schon über alle Berge oder es hat sich jemand mit Ihnen einen üblen Scherz erlaubt. Wir haben gleich Schichtwechsel, ich werde dann den Kollegen Bescheid geben, dass sie hier in der Straße noch einmal lang fahren und nach dem Rechten schauen sollen.«

»Danke, das ist sehr nett.«

Nun da ich weiß, dass sich gerade niemand im Garten aufhält, schließe ich etwas entspannter meine Tür ab und mache es mir wieder unter meinem Oberbett auf der Couch gemütlich. Kaum dass ich sitze, klappert das Rollo der Terrasse wieder. Mein Puls schießt schlagartig in die Höhe und sofort greife ich nach dem Telefon.

Abermals wähle ich den Notruf und es dauert nicht lange, bis es an meiner Tür schellt. Es sind wieder Herr Stenn und sein Kollege. Da sie noch in der Nähe waren, brauchten sie nur umkehren und waren keine drei Minuten später vor Ort. Ein weiteres Mal schauen sich die Polizisten in der Wohnung und im Garten um. Weil aber nicht das Geringste zu finden ist, glaubt Herr Stenn, dass ich mir das alles nur einbilde.

»Sie brauchen wirklich keine Angst zu haben. Es ist niemand hier. Vielleicht war das ja auch nur eine kleine Windböe. Bitte kontaktieren Sie den Notruf nur in wirklichen Notlagen und nicht bei den kleinsten Geräuschen.«

Wortlos starre ich ihn mit weit aufgerissenen Augen an, als er mit seinem Finger zu meinem Fernseher deutet.

»Und auf Horrorfilme würde ich an Ihrer Stelle verzichten, wenn Sie so zart besaitet sind. Ich wünsche Ihnen noch eine angenehme Nacht.«

Sein Kollege steht neben ihm und scheint sich regelrecht zu amüsieren. Er ist nur ein wenig größer als ich und hat schwarzes, kurzes Haar. Was ein Arsch. Da war die Freundlichkeit anscheinend nur ein Ausrutscher. Als die Beamten weg sind, schließe ich die Tür erneut ab und kontrolliere selbst nochmals alle Rollläden. Nachdem ich mir sicher bin, dass alles verriegelt ist, krame ich einen Holzbesenstiel aus dem Kämmerchen und hole ein Messer aus der Küche.

*Die nehme ich mit. Dann verteidige ich mich halt im schlimmsten Fall selbst, wenn ich die Polizei ja nicht mehr rufen soll!*, denke ich und bin sauer.

Mit Panik lege ich mich wieder unter mein Oberbett, auf das Sofa. Jetzt bin ich hellwach und liege wartend da. Nach einer Weile zappe ich gelangweilt durch die Kanäle, bis mir irgendwann vor Erschöpfung die Augen zu fallen. Es geht so schnell, dass ich noch nicht einmal die Fernbedienung weglegen kann. Immer wieder wälze ich mich von links nach rechts.

Alpträume plagen mich die gesamte Nacht, bis ich in den frühen Morgenstunden von einem panischen, lauten Schrei, aus meinen Träumen gerissen werde.

# Kapitel 3

Orientierungslos und erschrocken schaue ich mich um. *Was war das? Das kam aus der Nachbarswohnung.* Da ich meine Nachbarn recht gut kenne, renne ich schnell in den Hausflur und klopfe so kräftig wie ich nur kann an ihre Wohnungstür.

»Ramona! Ramona, ist alles in Ordnung?«, rufe ich mit bebender Stimme.

Ein leises Klacken ist zu hören und dann öffnet sich langsam die Tür. Ich blicke in ein verzerrtes und verängstigtes Gesicht. Ramona stammelt nur noch Satzfetzen.

»M-mein Freund. So viel, so viel, so viel Blut. Überall.«

»Scht. Beruhige dich. Es wird alles wieder gut werden«, versuche ich auf sie einzureden.

»So viel Blut. Da ist so viel davon.«

Weil ich aus Ramona gerade nicht mehr heraus bekommen werde, dränge ich mich an der, unter Schock stehenden Nachbarin vorbei und gehe alle Räume nacheinander ab. Als ich jedoch in das Wohnzimmer trete, muss ich mich zusammen reißen, nicht los zu schreien. Übelkeit kriecht mir in einem rasanten Tempo vom Magen die Kehle hinauf. Da liegt der Freund der Nachbarin vor der offenen Terrassentür und ist übersäht mit

Kratzern und tiefen Fleischwunden, aus denen das Blut wie ein Bach heraus gelaufen ist. Er ist tot. Seine Augen sind weit aufgerissen und das Gesicht wirkt Schmerzverzerrt. Warum habe ich ihn nicht gehört? Er muss doch geschrien haben. Sofort gehe ich zu Ramona zurück und schiebe sie in meine Wohnung. In der Küche angekommen, setze ich sie auf einen der Stühle ab.

»Setz dich hin, ich rufe die Polizei«, spreche ich zu ihr, doch sie scheint mich nicht wahrzunehmen.

Während wir warten, brühe ich schnell einen Tee auf. Ich weiß einfach nicht wie ich mich verhalten soll. Wie ich ihr helfen kann. Vor meinem inneren Auge sehe ich immer wieder, wie mein Nachbar da liegt. Seine Augen. Sein toter Blick.

Sie lassen mich einfach nicht mehr los. Ramona sitzt apathisch auf dem Küchenstuhl und beginnt zu weinen. Die Worte, welche sie stammelt, werden immer unverständlicher. Nervös und hilflos streiche ich mir durch mein Haar. Ich nehme sie in die Arme und drücke sie ganz fest an mich. Leicht wiege ich sie hin und her. Wie ein Kind, das man versucht zu beruhigen.

Es dauert nur wenige Minuten, bis die Polizei endlich eintrifft. Jeder Versuch Ramona Meising zu befragen scheitert. Über Funk ordern sie einen Notarzt und Krankenwagen. Nun wenden die Beamten sich an mich.

»Können Sie uns etwas zu dem Sachverhalt erzählen?«

»Nicht sehr viel. Ich wurde von einem lauten Schrei geweckt und bin direkt zu Ramona rüber. Als ich sie in diesem Zustand sah, habe ich in der Wohnung nach dem Rechten geschaut. Ihr Freund liegt tot im Wohnzimmer«, versuche ich zu erklären.

Doch nun wird meine Stimme zunehmend brüchig und ich ringe nach Worten. Während ich noch von dem gestrigen Abend versuche zu berichten, machen die beiden sich mit gezogenen Waffen auf den Weg in die benachbarte Wohnung.

»Sicher!«, ertönen immer wieder ihre Stimmen.

Mittlerweile haben auch die restlichen Bewohner im Haus mitbekommen, dass etwas nicht stimmt. Sie drängen sich wie Schaulustige im Flur. Nachdem alle Anwesenden befragt wurden und diese jedoch nichts zur Klärung beitragen können, wenden die Polizeibeamten sich an den Notarzt, der mittlerweile eingetroffen ist.

»Ab wann wird sie vernehmungsfähig sein?«

»Das Medikament scheint schon langsam zu wirken. Ins Krankenhaus möchte Frau Meising nicht. Es kann sein, dass sie heute Nachmittag bereits dazu in der Lage sein wird, ansonsten würde ich sagen, morgen früh. Es ist nur ein leichtes Beruhigungsmittel, nichts was sie ausknockt.«

Die Beamten bitten Ramona am Nachmittag auf das Revier zu kommen, wenn sie sich dazu in der Lage sieht, damit sie ihre Aussage machen kann. Ich biete ihr an sie zu begleiten, was sie auch dankend annimmt.

Es dauert noch einige Stunden, bis die Spurensicherung alles gesichert und fotografiert hat. Danach darf Ramona in ihre Wohnung, um sich schnell umzuziehen. Auch wenn sie noch sehr durch den Wind zu sein scheint, zumindest ist sie aus ihrer Paralyse erwacht. Zusammen fahren wir mit meinem Wagen zu dem Revier in der Nähe. Gemeinsam betreten wir das kleine, stickige Büro, wo bereits drei Polizisten auf uns warten. Zum einen sind es die beiden Beamten, die am Morgen bei uns zu Hause waren und dann sitzt da noch Herr Stenn. Böse schaue ich zu ihm rüber.

*Da hast du deine Einbildung, du Kotzbrocken,* schießt es mir durch den Kopf.

Ramona meistert die Befragung ganz tapfer, doch sie kann auch nicht wirklich etwas Neues dazu beitragen. Sie hat ihren Freund so aufgefunden, wie auch ich ihn gesehen habe. Ich bin verwundert, dass sie selbst nichts mitbekommen hat, denn sie schlief schließlich in der Wohnung, in welcher sich alles abspielte. Als unsere Aussagen protokolliert sind, dürfen wir das Revier verlassen. Doch bevor ich aus der Tür heraus bin, greift eine Hand nach meinem Arm und zieht mich zurück. Als ich mich umdrehe erblicke ich Herrn Stenn. Den miesepetrigen Polizisten. Kleinlaut entschuldigt er sich bei mir.

»Hören Sie, es tut mir sehr leid, dass ich Ihnen unterstellt habe, Sie würden sich das alles nur einbilden. Es hat wirklich für mich den Anschein gemacht, weil wir niemanden im Garten finden konnten und auch nichts darauf hinwies, dass jemand dort war.«

Mir fehlen gerade gänzlich die Worte. Deswegen nicke ich nur schweigend, um ihm zu zeigen, dass ich seine Entschuldigung annehme. Was ich erlebt habe, war einfach zu verstörend. Das schlechte Gewissen von Herrn

Stenn wird immer größer und er gibt mir eine seiner privaten Visitenkarten. Meine Augen gleiten über den Schriftzug. Alexander Stenn.

»Hier, falls etwas sein sollte. Darüber können Sie mich Tag und Nacht erreichen.«

Wortlos drehe ich mich um und stecke die kleine Karte in meine Hosentasche. Arm in Arm gehe ich mit Ramona zu meinem Auto, um wieder zurück zu fahren. Den Wagen parke ich vor unserem Haus und atme tief durch.

»Möchtest du die nächsten Tage bei mir schlafen, damit du nicht alleine in deiner Wohnung sein musst?«

Doch von Ramona bekomme ich nur ein Schulterzucken. Sie scheint sich gerade ziemlich weit weg zu befinden. Deswegen beschließe ich, sie einfach mit zu mir zu nehmen. In ihre Wohnung kann sie definitiv nicht. Ich hole Ramona eine Decke, ein Kissen und geleitete sie zu meiner graufarbenen Couch.

»Hier, leg dich etwas hin und ruhe dich aus. Der Tag war sehr anstrengend für dich. Ich mache uns eine Kleinigkeit zu Essen.«

Ramona folgt meiner Anweisung und versucht sich etwas zu entspannen. Als ich in meiner Küche ankomme, höre ich ihr herzzerreißendes Schluchzen. Sofort eile ich zu ihr zurück, doch all meine Versuche sie zu beruhigen scheitern kläglich. Wie soll man denn auch jemanden trösten, der gerade seine große Liebe verloren hat? Das Einzige was ich machen kann, ist einfach nur für sie da sein und sie in den Arm nehmen. Ich setze mich zu ihr auf die Couch und Ramona liegt mit dem

Kopf auf einem Kissen, auf meinem Schoß. Immer wieder streichle ich über ihren Schopf und spreche zu ihr.

»Ich bin ja da. Weine ruhig.«

Nachdem sie sich nach einer halben Ewigkeit in den Schlaf geweint hat, stehe ich behutsam auf und schleiche auf leisen Sohlen in die Küche. Fast lautlos schließe ich die Zimmertür, denn ich muss meine Freundin anrufen. Ich brauche jemanden, mit dem ich über alles sprechen kann.

»Nina? Hi, ich bin es, Sue.«

»Hi Schnecke. Was gibt es Neues bei dir?«, fragt sie gut gelaunt.

Ermattet von dem Tag erzähle ich ihr alles.

»Das ist eigentlich alles, was ich dazu sagen kann. Nur jetzt habe ich Angst, dass mir das auch passiert. Schließlich hat es ja gestern jemand bei mir versucht, ist aber anscheinend an meinen Rollläden gescheitert.«

»Oh Mann, das ist wirklich heftig. An deiner Stelle hätte ich auch Angst. Aber glaubst du wirklich derjenige wird noch einmal bei euch auftauchen? Ich denke nicht. Er muss doch davon ausgehen, dass es vor Polizei nur so wimmelt.«

»Ja, du hast ja Recht. Aber schau mal, gestern war zwei Mal die Polizei hier und das muss der Täter mitbekommen haben. Wenn ihn das schon nicht abschreckt denke ich, dass er es erneut versucht.«

»Mach dich nicht so verrückt. Man weiß ja noch gar nichts. Was ist, wenn der Täter es von Anfang an auf deinen Nachbarn abgesehen und sich zu Beginn nur in der Wohnung geirrt hat? Du kannst aber auch gerne zu mir kommen.«

»Danke. Das ist ganz lieb, aber ich habe ja noch die Nachbarin bei mir.«

Während des Gespräches koche ich ein paar Nudeln. Hunger habe ich zwar keinen, aber da ich heute noch nichts zu mir genommen habe, zwänge ich mir gleich einfach etwas hinunter, um wenigstens bei Kräften zu bleiben. Nach dem Telefonat wecke ich Ramona auf, damit wir gemeinsam essen können.

Gedankenverloren stochert sie auf ihrem Teller herum und würgt sich mehr oder weniger zwei Nudeln hinein. Am späten Nachmittag geht es ihr etwas besser und sie kann sich bei ihren Eltern melden. Diese sind zu tiefst erschüttert. Sie nehmen Ramona die schwere Last ab, es den Eltern ihres Freundes beizubringen. Den gesamten Sonntag kümmere ich mich so gut ich nur kann, um meine Nachbarin. Wir reden eine Menge und Ramona weint sehr viel.

»Danke Sue. Danke für alles. Ich werde aber heute meine Sachen packen und vorläufig zu meinen Eltern gehen. Ich kann im Moment einfach nicht in meine Wohnung zurück. Dort würde ich das immer und immer wieder durchleben müssen. Dir kann ich aber auch nicht zur Last fallen. Du musst morgen wieder zur Arbeit und brauchst etwas Ruhe für dich.«

»Ach, du fällst mir doch nicht zur Last. Aber ich kann dich schon verstehen.«

# Kapitel 4

Heute trudelt sehr viel Post auf der Arbeit ein und das Telefon scheint nicht verstummen zu wollen. Zwischen dem ganzen Papierkram rufe ich auf dem Revier an und möchte wissen, was es Neues in diesem Fall gibt. Doch niemand darf mir Auskunft dazu geben. Völlig überfordert sitze ich vor meinen Aufgaben, als mein Chef aus seinem Büro kommt.

»Sue, sag mal, ist bei dir alles in Ordnung?«, möchte er wissen und beäugt mich misstrauisch.

In mir brechen alle Dämme und die Tränen, sowie meine Angst übermannen mich. Ich erzähle ihm alles und es fühlt sich auf einmal sehr viel leichter an.

»Pass auf. Du machst dir jetzt einen Tee, atmest tief durch und gehst wieder an deine Arbeit. In der Zeit werde ich versuchen etwas über den Fall in Erfahrung zu bringen. Ich habe da noch ein paar Bekannte, die mir einen Gefallen schuldig sind«, versucht Herr Klattner mich zu beruhigen.

Ein klein wenig Hoffnung keimt in mir auf und ich versuche mich zusammmen zu reißen. Der Tag vergeht nur schleppend und als ich eigentlich Feierabend habe, ruft mein Chef mich zu sich ins Büro.

»Setz dich bitte«, sagt er ruhig.

Ich bin überrascht. Normalerweise bespricht er Dinge mit mir im Vorbeigehen. Sollte er etwa schon etwas herausgefunden haben? Freundlich fährt er fort.

»Also, ich habe einen Bekannten bei der Polizei gefragt und er konnte mir sagen, dass es sich hierbei um einen Tierangriff handelt. Laut der Gerichtsmedizin muss es eine Art Hund oder Wolf gewesen sein, genau können sie es noch nicht sagen. Sie vergleichen noch die Bissspuren. Es war kein Einbrecher, vor dem du Angst haben musst. Auch wurde mir gesagt, dass der Tod unmittelbar eingetreten ist. Er hat nicht lange leiden müssen.«

Das erklärt natürlich, warum ich rein gar nichts von diesem Angriff mitbekommen habe. Wenn er wirklich schnell gestorben ist, konnte er auch nicht mehr schreien. Die Selbstvorwürfe, es nicht mitbekommen zu haben, trieben mich schon fast in den Wahnsinn. Ein wenig erleichtert darüber, dass es kein Einbrecher oder gar Mörder war, mache ich mich auf den Heimweg.

Gedankenversunken fahre ich den Weg wie im Schlaf nach Hause. Ich nehme meine Umwelt nur noch am Rande wahr. Kaum dass ich in meiner Wohnung ankomme, lege ich meine Tasche und den Mantel ab und mache mir eine Scheibe Brot. Mehr passt einfach nicht in mich hinein.

Wie versteinert sitze ich an meinem Küchentisch und frage mich, warum ich kein Heulen oder Bellen gehört habe, wenn es ein Hund oder ein Wolf war. Dann kommen mir der Schatten und das leise Knurren in den Sinn. *War das etwa dieses Tier?* Wenn ja, habe ich mehr als nur einen Schutzengel, denn es hätte sehr oft die Chance gehabt mich anzugreifen. Wie oft stand ich draußen, um eine zu rauchen.

Als ich am Abend bei Nina anrufe, hat sie leider keine Zeit. Ihr Freund ist gerade zu Besuch. Er ist oftmals auf Montage. Deswegen nutzen die beiden jede Minute aus, in der sie zusammen sein können. Mir würde es an ihrer Stelle nicht anders ergehen. Nina verspricht mir aber, dass wir uns am anderen Tag treffen würden, dann hätte sie auch mehr Zeit für mich.

Weil ich in meiner eigenen Wohnung Angst habe, mag ich nicht im Schlafzimmer schlafen, sondern schlage mein Nachtlager im Wohnzimmer auf. Im Hintergrund lasse ich den Fernseher laufen, damit ich durch das monotone Gerede einer Dokumentation einschlafen kann. Anscheinend gelingt mir das relativ gut, denn schnell wird es um mich herum dunkel und ich bekomme nichts mehr mit.

Ohrenbetäubend scheppert mein Rollo. Von Panik getrieben greife ich nach dem Telefon, welches ich vorsorglich auf den Wohnzimmertisch gelegt habe. Ich überschlage mich fast dabei, als ich die Eins, Eins, Null wähle.

»Hallo? Sue Lechter hier. Hier, hier ist jemand. Irgendwer will in meine Wohnung einbrechen. Mein, mein Nachbar wurde am Samstag umgebracht. Ich habe Angst. Bitte kommen Sie schnell.«

»Bitte bleiben Sie ruhig. Nennen Sie mir Ihre Adresse.«

In dieser Nacht hat Alexander Dienst. Er und sein Kollege untersuchen meinen gesamten Garten zweimal. Wieder nichts. Doch als sie sich umdrehen und zu mir zurückkehren wollen, bleibt Alexander stehen und deutet seinem Kollegen mit einem Nicken an, dass er zum Rollo schauen soll.

»Ach du Scheiße!«, sagt dieser, ohne über seine Worte nachzudenken.

Neugierig gehe ich hinaus um mir anzusehen, was so schrecklich ist. Und da sehe ich es auch schon. Dicke, tiefe Kratzer ziehen sich über das gesamte Rollo vor meinem Küchenfenster. Hastig lasse ich auch das vom Wohnzimmer ein Stück hinunter und gehe gebückt wieder hinaus. Hier ist genau das Gleiche.

In meiner Kehle bildet sich ein Kloß und mit zittrigen Fingern streiche ich über die tiefen Furchen. Es müssen sehr spitze und große Krallen sein. Wenn ich sie mit meinen Fingernägeln vergleiche, haben sie in etwa die gleiche Größe. Es muss wirklich etwas versucht haben hier einzudringen. Alexander scheint nach einer Erklärung zu suchen, denn seine Mimik ändert sich von Sekunde zu Sekunde.

»Wir werden heute Nacht des Öfteren durch Ihre Straße fahren. So können wir leider nicht wirklich viel machen. Bis auf die Kratzer ist wieder nichts zu entdecken. Sollte aber etwas sein, rufen Sie auf jeden Fall an und verschanzen sich zur Not in einem Zimmer, bis wir da sind.«

Ich schlinge meine Arme fest um meinen Körper, denn es fröstelt mich. Meine Kehle schnürt sich weiter zu und das Schlucken fällt mir schwer.

»Ja, ist in Ordnung«, krächze ich.

Alexander und sein Kollege überprüften, ob auch alles richtig verschlossen ist, um mir wenigstens ein Minimum an Sicherheit zu geben. Zum Glück geschieht in dieser Nacht nichts mehr, so dass ich irgendwann in einen tiefen, aber viel zu kurzen Schlaf falle.

Heute gehe ich wie gerädert zur Arbeit. Ich schaffe es gerade so, meine Aufgaben zu erledigen. Auch meinem Chef bleibt es nicht wirklich verborgen, aber da er über alles informiert ist, sagt er nicht ein Wort, sondern schenkt mir nur aufmunternde Blicke und lässt mir mehr Freiraum als sonst. Der Tag zieht sich wie ein zähes Kaugummi und so bin ich froh, dass sich allmählich der ersehnte Feierabend nähert.

Auch wenn ich erleichtert bin hier weg zu kommen, habe ich dennoch ein flaues Gefühl. Ich habe jetzt schon Panik, dass heute Nacht wieder etwas vorfallen könnte. Als ich in meine Straße einbiege, staune ich nicht schlecht, dass ich jemanden vor dem Haus, an der Straße sehe. Da steht Alexander an seinem Wagen gelehnt und scheint auf mich zu warten. Verwundert parke ich mein Auto und gehe auf ihn zu.

»Hallo, was machen Sie denn hier? Ist etwas passiert?«, frage ich nervös.

»Nein, nein. Ich wollte nur einmal schauen, ob bei Ihnen alles in Ordnung ist und ich habe Ihnen noch etwas für Ihre Rollläden mitgebracht. Es sind kleine Klemmen die verhindern, dass man sie hoch schieben kann. Die würde ich gerne anbringen, wenn Sie erlauben.«

Anscheinend muss er ein mächtig schlechtes Gewissen haben. Ich bin verwundert, aber finde diese Geste sehr nett und aufmerksam. Als ich meine Sachen in meinem Flur abstelle, geht er schon direkt in die Küche und macht sich an die Arbeit. Es dauert gar nicht so lange und er ist fertig.

»Vielen Dank, das ist wirklich sehr nett von Ihnen. Möchten Sie vielleicht noch einen Kaffee?«

»Keine Ursache. Danke, ein Kaffee wäre tatsächlich sehr gut.«

Wir setzen uns an den kleinen runden Tisch und plaudern ein wenig.

*Er kann ja sogar höflich sein,* denke ich im Stillen. Nach einer Weile verabschiedet sich Alex. Irgendwie habe ich das Gefühl, dass der Grundstein für eine Freundschaft gelegt zu sein scheint. Weil es bezüglich des Vorfalles bei meinen Nachbarn noch immer keinerlei Ergebnisse gibt, schaue ich am Abend im Internet, ob irgendwo in der Nähe etwas Ähnliches geschehen ist.

Nach etwa einer Stunde des Suchens und mit brennenden Augen, werde ich endlich fündig. Ich lese den Bericht sorgfältig durch und meine Stirn legt sich in immer größere Falten, weil ich so erstaunt darüber bin.

*Mysteriöser Mord.*
*In Oberhausen wurde im September*
*2013 ein grausamer Mord begangen.*
*Die Verletzungen glichen denen, von*
*einem Tierangriff. Der ganze Körper*
*der Frau wies tiefe Kratz- und*
*Bissspuren auf. Jedoch konnte die*
*DNA Analyse bislang keinen*
*Aufschluss geben, ob und um*
*welches Tier es sich genau handelt.*

Ich lese noch ein wenig weiter, doch schließe letztendlich die Seite. Es sind einfach keine wirklich brauchbaren Informationen daraus zu entnehmen. Getrieben von Neugier suche ich nun nach einem Mord in Oberhausen. Es dauert nicht lange und ich finde in einem Forum einen Beitrag von jemanden, der angeblich alles mitbekommen haben will.

*Es war grausam. Sie lag dort in*
*ihrem eigenen Blut. Einige Tage*
*zuvor haben wir am Haus*
*immer wieder einen Schatten*
*gesehen und ab und zu hörte man*
*ein leises Knurren. Wir dachten,*
*es wäre vielleicht eine Katze*
*oder ein Nachbarshund. Aus*
*diesem Grund haben wir dem*
*keine Bedeutung geschenkt.*

Jetzt scheine ich auf der richtigen Spur zu sein. Akribisch durchforste ich alles und was dort steht, kann ich kaum glauben. Andere Forenmitglieder halten es für möglich, dass es sich hierbei um einen Werwolf handelt. Als die Frau ermordet wurde, war Vollmond.

Laut der Gerichtsmedizin soll es sich wie bei meinem Nachbarn, um einen Tierangriff gehandelt haben. Auch gab es bei der getöteten Frau Kratzspuren in der Wohnung und an den Fensterläden. Ich lese weiter und finde eine Verlinkung zu einer anderen Seite. Dort ist ein ähnlicher Vorfall in Dortmund geschildert.

Das ist doch alles Schwachsinn. Werwölfe sind eine Erfindung um Kinder zur Gehorsam zu bringen oder Leute in die Kinos zu bekommen. Solche Kreaturen existieren einfach nicht. Ich kann mich absolut nicht mit diesem Gedanken anfreunden, dass es diese Fabelwesen tatsächlich geben soll. Es muss doch noch eine andere Erklärung dafür geben.

Vielleicht ist es ein durchgeknallter Psychopath, welcher sich gerne als Tier verkleidet oder ein Verrückter, der sich für einen Wolf hält, weil er zu viele Filme gesehen hat. Bevor ich gleich ins Bett gehe, mache ich mir noch einen schönen, heißen Kakao. Dass Alexander die Sperren angebracht hat, gibt mir ein großes Gefühl der Sicherheit. Kurz vor Mitternacht mache ich mich auf den Weg in mein weiches Bett, wo ich gänzlich zur Ruhe komme.

# Kapitel 5

In den nächsten Wochen geschieht nichts mehr und mir geht es von Tag zu Tag besser. Sicherlich kreisen meine Gedanken immer mal wieder um diese schreckliche Tat, doch sie beherrscht nicht mehr meinen Alltag.

Mit Alexander stehe ich weiterhin in Kontakt und wir unterhalten uns viel. Er hat mir sogar angeboten ihn zu duzen. Worauf ich allerdings bei meinen eigenmächtigen Recherchen gestoßen bin, habe ich bisher lieber verschwiegen. Wahrscheinlich würde er mich sonst als komplett irre abstempeln.

Auf der Arbeit läuft es nun wieder besser. Den Trübsal schiebe ich gekonnt in meine Freizeit. Doch sobald ich an der Wohnungstür von meiner Nachbarin vorbei gehe, plagen mich die Erinnerungen. Ich werde mir eine neue Wohnung suchen. So kann das einfach nicht bleiben. Ich muss komplett mit diesem Thema abschließen. Auch Ramona hat ihre Wohnung hier gekündigt, denn sie wird nicht mehr zurückkehren. Zu groß ist der Schmerz bei den ganzen Erinnerungen an ihren verstorbenen Freund.

Heute ist es schon fast einen Monat her, seit die tragische Tat begangen wurde. Meine Rollläden habe ich bereits zur Hälfte geschlossen, weil es zu dämmern beginnt. Da. Plötzlich klappern die Rollläden in Küche und Wohnzimmer. Starr vor Schreck versuche ich einen klaren Gedanken zu fassen, aber es will mir einfach nicht gelingen. Fluchtartig springe ich auf und renne so schnell ich kann in die Küche.

*Ich muss mich verteidigen, aber womit? Ein Messer. Ein Messer ist immer gut,* denke ich.

Ungestüm reiße ich die Küchenschublade auf. Geschockt muss ich feststellen, dass alle großen Messer verschwunden sind.

»Scheiße! Scheiße! Scheiße!«

Ich habe vergessen, dass ich sie gestern und heute alle benutzt habe und sie bereits in der Spülmaschine sind. Gerade als ich die Klappe öffnen will, um mir die Messer zu greifen, höre ich auch schon ein lautes Krachen, gefolgt von einem Klirren, welches aus dem Wohnzimmer zu mir dringt. Es bleibt mir keine Zeit mehr, um etwas aus der Spülmaschine herauszusuchen, also greife ich reflexartig nach einem normalen Brotmesser.

Mein Puls rast und meine Kehle fühlt sich staubtrocken an. Das Gefühl zu ersticken droht mich zu übermannen. Mein Herz pocht so sehr, dass ich spüren kann, wie es förmlich bei jedem Schlag gegen die Rippen prallt. Als ich aus der Küche in einen anderen Raum flüchten will, erstarre ich. Da steht es.

Es ist eine Bestie, im wahrsten Sinne des Wortes. Eine übergroße, wolfsähnliche Gestalt. Das Fell ist verfilzt und die Augen sind zu kleinen, leuchtend grünen Schlitzen zusammen gekniffen. Das Monstrum fletscht seine Zähne und sabbert dabei auf meinen Küchenboden. Der Gestank nach nassem Hund lässt Übelkeit in mir aufsteigen. Wie paralysiert stehe ich da, unfähig mich auch nur einen Millimeter zu bewegen.

Ohne Vorwarnung macht das Vieh einen Satz auf mich zu und seine scharfen Krallen zerfetzen meine Kleidung. Die Spitzen ratschen meine Haut auf und die Verletzungen beginnen sofort zu brennen. Von der Wucht seines Sprunges fallen wir gemeinsam mit einem dumpfen Knall zu Boden.

Auf dem Rücken liegend versuche ich mit all meiner Kraft die Bestie von mir weg zu drücken, doch sie ist einfach zu stark und zu schwer für mich. Meine Arme brennen vor Anstrengung und ich merke, wie mich meine Kräfte langsam verlassen wollen. Ich sehe die riesigen Fangzähne, welche nach mir schnappen und immer näher kommen. Todesangst überrollt mich und ich verteidige mich so gut ich nur kann. Mit meinen letzten Reserven stoße ich es laut schreiend ein paar Zentimeter weit von mir weg und ramme ihm das Buttermesser in seine Brust.

Ein lautes Jaulen schallt durch den Raum und dann fällt es schwer atmend auf seinen Rücken. Blut fließt wie ein kleiner Bach auf meinen Küchenboden. Ohne auch nur eine Sekunde meinen Blick von dem Ungeheuer abzuwenden, ziehe ich mich am Küchentisch hoch und taste blindlings nach meinem Handy.

Vorsichtig gehe ich rückwärts, bis ich die Küchentür leise von außen schließen kann. Panisch verschanze ich mich in meinem Schlafzimmer und rufe Alex an. Ich weiß, dass er heute Dienst hat und er sofort kommen wird.

»Komm, komm bitte schnell. Das, das Vieh wollte mich fressen. Es ist – Es ist tot. Oh mein Gott, ich habe es umgebracht«, kreische ich in den Hörer.

# Alex

»Mark, dreh um. Wir müssen sofort zu Sue. Da muss etwas passiert sein.«

Umgehend wendet mein Kollege den Wagen.

»Das ist doch die, mit den Kratzspuren an den Rollläden und wo der Nachbar ermordet wurde, oder?«

»Genau. Sie ist völlig panisch und meinte, sie hätte das Vieh getötet.«

Mark schaut nun genauso verwirrt wie ich und seine Mine versteinert zusehends. Irgendwie steigt ein ungutes Gefühl in mir auf. Ich kann nur nicht erklären, was es ist. Als Polizist hat man des Öfteren mal merkwürdige Eingebungen, welche man nicht beschreiben kann, doch meistens sind diese Vorahnungen richtig. Nach Luft ringend und völlig verstört, öffnet Sue uns die Tür.

»G-gut, dass ihr da-da seid. E-es liegt in d-der Küche.«

Vorsichtshalber löse ich meine Walther P99 aus dem Holster und entsichere sie. Langsam öffne ich mit der ausgestreckten Hand die Tür zur Küche, während ich mit erhobener Waffe versuche ein Ziel anzuvisieren. Adrenalin mischt sich in mein Blut und lässt mich aufmerksamer werden. Mit offenem Mund lasse ich meine Hand wieder sinken und stehe nun fassungslos da. Ich habe tatsächlich mit allem gerechnet, aber nicht damit.

»Alex, was ist los?«, prescht mein Kollege hervor.

»Das glaubst du nicht. Komm her und sieh es dir selber an.«

»Was zur Hölle ist das denn?«

»Ich habe keine Ahnung Mark. Aber das sieht aus, wie ein mutierter Hund oder Wolf.«

Ungläubig läuft Mark ein Stück um das Wesen herum und stupst es mit dem Fuß an. Nichts. Es bleibt regungslos am Boden liegen.

Besorgt drehe ich mich zu Sue.

»Hey, ist bei dir alles okay? Bist du verletzt?«

Sie schüttelt ihren Kopf, scheint aber nur zum Stammeln in der Lage zu sein.

»Es, es ist a-alles gut. Nur e-ein paar Kratzer u-und blaue Flecken.«

Vorsichtig stütze ich Sue am Arm ab und bringe sie in ihr Wohnzimmer. Ich mag mir gar nicht ausmalen, was das für ein Kampf gewesen sein muss. Beim näheren Betrachten merke ich erst, dass ihre Kleidung diverse Risse hat. Sue scheint unverschämtes Glück gehabt zu haben. Im Wohnzimmer ist der Anblick, welcher sich uns bietet, erschütternd. Das Rollo hängt schief und verkeilt in den Führungsschienen und das Glas der Tür liegt zerborsten und verteilt im Wohnzimmer. Sprachlos macht sich mein Kollege an die Arbeit, sich Notizen für das Protokoll zu machen. Gerade als ich in der Zentrale Bescheid geben will, ertönt aus der Küche eine verunsicherte Stimme.

»Alex. – Alex, komm mal bitte. Alex!«

Sofort gehe ich zu Mark, denn diesen Tonfall kenne ich. Er bedeutet nichts Gutes. Mir wird schlagartig klar, was nicht stimmt und ich bin irritiert.

»Was? Wieso liegt hier ein Mann? Wie kann das sein?«

Wie automatisch kratze ich mir meinen Kopf, als würde mir das beim Denken helfen. Auch Sue stößt zu uns und sieht mit großen Augen den menschlichen Körper an, welcher nun dort am Boden liegt.

»Also doch ein Werwolf«, flüstert Sue.

Anscheinend hat sie nur versucht, sich ihre eigenen Gedanken zu bestätigen, aber ich werde hellhörig und starre sie an. Mark scheint es auch mitbekommen zu haben, denn sein Blick richtet sich nun auch auf sie.

»Werwolf ...«, kommt es mir über die Lippen.

Ich kann kaum glauben, was ich da sage. Doch so sehr ich auch nach einer Erklärung suche, ich kann keine finden. Was soll es sonst gewesen sein?

»Alex«, ertönt nach einer kurzen Zeit der Stille Marks Stimme: »Was sollen wir denn nun machen? Ich meine, wir können das doch nicht so aufschreiben, das glaubt uns keine Sau.«

»Nein. Nein, nicht wirklich. Wir nehmen es als normalen Einbruch mit tätlichen Angriff und Notwehr auf.«

## Sue

Noch während die beiden sich Gedanken machen, wie sie diesen Fall erklären sollen, kann ich nur über das Geschehene grübeln. Mein Blick fällt auf das Messer und so langsam dämmert es mir. Es ist von dem Silberbesteck meiner Großmutter. Für mich steht die Sache fest, es war ein Werwolf. Diese Erkenntnis ist so schockierend, dass mein Hirn nicht hinterher kommt und ich keinen klaren Gedanken mehr fassen kann. Ich habe von diesen Wesen keine Ahnung, zumal ich sie bisher für erfundene Monster gehalten habe, aber tief im Inneren weiß ich, dass ich verdammt viel Glück hatte. Wahrscheinlich hat gleich eine ganze Armee an Schutzengeln in diesem Moment über mich gewacht.

In den nächsten Wochen habe ich diverse Termine bei meinem Anwalt. Sicherlich läuft das Ganze bei Gericht unter Notwehr, dennoch soll es eine Verhandlung geben. Mein Beistand hat einen Eiltermin beantragen können, damit direkt nach der Prüfung aller Indizien, die Verhandlung abgehalten werden kann. Wahrscheinlich hatte er bei irgendjemanden noch einen Gefallen offen.

Mir kommt das alles sehr gelegen, denn es ist doch ganz schön nervenaufreibend. Auch meine Nachbarn verhalten sich sonderbar mir gegenüber. Einerseits sind sie besorgt um mich, andererseits scheinen sie Angst vor mir zu haben. Nach einer gefühlten Ewigkeit kommt endlich das Urteil. Freispruch wegen Notwehr. Auch wenn ich es eigentlich von Anbeginn wusste, fällt mir ein großer Stein vom Herzen.

Für Alex, Mark und mich steht nun aber auch fest, dass die anderen, sonderbaren Todesfälle durch Tierangriffe, auf einen Werwolf zurück zu führen sein müssen. Meiner Freundin Nina habe ich alles erzählt, doch sie glaubt mir nicht. Eher im Gegenteil. Sie geht seitdem auf Distanz zu mir, so als wäre ich eine durchgeknallte Irre. Zuletzt bekomme ich von Nina den Ratschlag, mich doch mal bei einem Psychiater vorzustellen.

Das ist mir einfach zu viel. Von einer Freundin habe ich mir mehr erwartet. Selbst zwei völlig fremde Menschen glauben mir mehr, als meine beste Freundin. Von daher breche ich jeglichen Kontakt zu ihr ab. Es tut zwar weh und es wird mit Sicherheit einsam werden, aber dafür habe ich zwei neue Freunde in meinem Leben. Sie glauben mir und sind immer zur Stelle, falls etwas ist.

Einige Tage später sitzen Alex und ich abends zusammen und sprechen ausgiebig über das Erlebte.

»Wenn es schon Werwölfe gibt, was gibt es dann wohl noch für Wesen?«, lege ich meine Gedanken offen.

Alex' Blick verliert sich im Raum.

»Das ist tatsächlich eine gute Frage.«

»Ich glaube, ich werde das Erlebte in einer Art Tagebuch aufschreiben und dann vor Unbefugten verstecken. Wer weiß wozu diese Aufzeichnung eines Tages mal gut sein wird.«

»Das ist eine gute Idee, Sue. Man weiß wirklich nie, was noch alles kommt. Und so hast du irgendwann mal

eine tolle Geschichte, welche du deinen Kindern erzählen kannst. Ob sie das jedoch glauben, sei dahin gestellt.«

# Der Fall Werwolf

# Kapitel 1

## Sue

Mittlerweile haben wir Dezember. Das Wetter ist sehr unbeständig und wechselt ununterbrochen zwischen Regen, Sturm und leichtem Frost. Das Einzige was aber stetig bleibt, ist der tiefgraue Himmel. Richtiger Winter scheint es dieses Jahr nicht werden zu wollen, denn der Schnee lässt auf sich warten. Jede freie Minute die ich habe, verbringe ich mit Nachforschungen zu dem Thema Werwölfe. Unentwegt durchstöbere ich das Internet. Doch an manchen Tagen übertreibe ich es und schlafe an der Tastatur ein.

Alles was ich finden kann wird kategorisch in Ordnern abgespeichert. Ich suche nach allen Mythen über sie. Wie sie angeblich aussehen, wann sie sich verwandeln, wo sie sich meistens aufhalten und jagen und vor allem, wie man sie töten kann. Die Menge an Berichten, welche sich ansammelt, würde drei dicke Aktenordner füllen.

Mit Alex treffe ich mich seit dem Angriff regelmäßig einmal in der Woche. Der aktuellste Artikel, welchen ich ihm zeige ist:

*Wie man einen Werwolf tötet.*
*Es gibt viele verschiedene Möglich-*
*keiten. Man kann ihn mit einer*
*Silberkugel erschießen oder mit einem*
*Messer aus Silber zur Strecke bringen.*
*Auch ist es möglich ihn zu töten, wenn*
*man ihm das Herz heraus reißt oder*
*ihn köpft. Es gibt Sagen, dass ein*
*Werwolf stirbt, wenn er eine*
*Mondfinsternis sieht.*

»Hm, meinst du wirklich, dass das nicht alles nur Märchen sind?«, meint Alex stirnrunzelnd.

»Wieso Märchen? Du hast das Ding doch in meiner Küche gesehen. Das war kein Mensch und es war kein Tier. Oder hast du schon mal gesehen, dass sich dein Nachbar oder sonst wer verwandelt? Dieses Etwas hat den Freund von Ramona getötet und mich hat es auch versucht umzubringen.«

Alex nickt zustimmend. Das sind schon Punkte, welche man nicht weg reden kann. Ich zeige ihm auch noch einige Berichte, in welchen Ortsbeschreibungen stehen, wo es angeblich schon Sichtungen dieser Wesen gab.

»Zu diesen Orten werde ich hin fahren und mir das einmal ansehen. Sicherlich sind es alte Erzählungen, aber ich möchte die Stellen einmal sehen.«

»Sue, ich halte das für keine gute Idee. Auch wenn ich das alles nicht erklären kann, denke ich nicht, dass es da noch mehr gibt. Wer weiß, was das wirklich war. Das werden wir wohl nie herausfinden. Aber dennoch finde ich es zu gefährlich, wenn du diesen Weg einschlägst.«

»Ja ich weiß, das ist alles nicht zu begreifen. Wie läuft es denn eigentlich bei deiner Arbeit? Erzähl mir ein wenig«, versuche ich abzulenken.

Da ich denke, dass es wohl besser sein wird das Thema eine Weile bei Seite zu lassen, soll er lieber ein paar lustige Erlebnisse von seinen Einsätzen berichten. Er hat eigentlich eine Schweigepflicht, aber Alex vertraut mir sehr und gibt daher einiges preis. Gemeinsam lassen wir den Abend ruhig und entspannt ausklingen.

Gegen zweiundzwanzig Uhr macht er sich auf den Heimweg und ich schwinge mich direkt wieder an den Laptop. In einem der Beiträge habe ich gelesen, dass man Werwölfe hauptsächlich mit Silber töten kann, deswegen mache ich mich bei Onlineshops auf die Suche nach einem Dolch aus diesem Material. Schnell werde ich fündig. Der Preis ist ganz schön heftig, aber es ist schließlich Handarbeit. Eigentlich zu Dekorationszwecken, trotzdem wunderschön und tatsächlich noch recht Handlich, so wie es aussieht.

Lange überlege ich hin und her, doch der Drang ihn zu kaufen ist einfach zu groß. Ich bezahle den Einkauf direkt per Onlinebanking, so wird das Paket schon in wenigen Tagen bei mir eintreffen. *Sicher ist sicher,* denke ich, während ich zufrieden meinen Laptop ausschaltete. Erleichtert kann ich nun schlafen gehen und es gibt nichts mehr, was mich von meiner Nachtruhe abhalten könnte.

Auf der Arbeit komme ich die nächsten beiden Tage ins Straucheln. Ich bin völlig unkonzentriert und mache viele Anfängerfehler. Diesmal sieht mein Chef das allerdings nicht so locker, denn es gibt seiner Ansicht nach keinen plausiblen Grund dafür.

»Sue. Ich bitte dich, dass du deine Arbeit in Zukunft wieder gewissenhafter erledigst. Es kann nicht sein, dass in einem wichtigen Schreiben ununterbrochen Fehler zu finden sind. So etwas können wir uns nicht erlauben. Lass deine privaten Probleme bitte zu Hause und kläre sie auch dort! Ansonsten muss ich dir eine Abmahnung geben und das wollen wir beide nicht«, fährt er mich an.

»Ja, Entschuldigung. Ich werde es ändern. Es tut mir wirklich leid«, piepse ich kleinlaut.

Mein Chef verschwindet wieder in seinem Büro und lässt die Tür mit einem lauten Knall ins Schloss fallen. Das alles ist mir so peinlich. Zum Glück bin ich alleine im Büro, so dass es niemand mitbekommt. Zwei Tage später ist es endlich so weit. Der Dolch wird geliefert. Aufgeregt öffne ich die Verpackung und halte ihn bewundernd in meinen Händen. Sanft lasse ich meine Finger über die Klinge gleiten.

Plötzlich rinnt ein wenig Blut über sie. Die Schneide ist so scharf geschliffen, ich habe den Einschnitt überhaupt nicht bemerkt. Dabei stand doch geschrieben, dass sie nur ungeschliffen verkauft werden. Nun steht es fest. Noch heute Abend werde ich nach Dortmund fahren. In einem der Artikel stand, dass es in der Vergangenheit immer wieder unerklärliche Tierangriffe dort gegeben habe und es gibt Berichte, in denen die Legende eines Werwolfes beschrieben steht. Angeblich soll er dort Menschen reißen. Alex erzähle ich von meinem Vorhaben lieber nichts. Er würde eh nur versuchen mich davon abzubringen. Nein, das muss ich im Alleingang machen. Zwar ist heute Nacht kein Vollmond, aber zur Sicherheit nehme ich meine frisch erworbene Waffe mit. *Man kann ja nie wissen,* denke ich im Stillen.

Aufgeregt und mit Adrenalin in den Adern, laufe ich durch die Straßen und Gassen, welche ausführlich im Internet beschrieben wurden. Hier sieht alles ganz normal und friedlich aus. Wonach soll ich auch suchen, nach Fellbüscheln? Trotzdem bleibe ich noch eine Weile und gehe abermals die Wege ab. Mittig auf einer Straße bleibe ich stehen und frage mich selbst.

»Wenn ich ein Werwolf oder generell ein Tier wäre, wo würde ich dann her kommen?«

Suchend drehe ich mich um und inspiziere alle Richtungen, ob es irgendwo eine Versteckmöglichkeit gibt oder wie ich am schnellsten von hier flüchten könnte. Ganz am Ende der Straße führt eine Art kleiner Feldweg ab. Bei näherer Betrachtung merke ich, dass er in den nahegelegenen Wald führt.

»Das muss der Ort sein, wo er her gekommen ist oder wo er sich nach seiner Tat versteckt hat. «

Erst möchte ich den Weg abgehen und mich ein wenig umschauen, aber da es schon recht dunkel ist und ich zurzeit nicht die Mutigste bin, breche ich mein Vorhaben ab und gehe zurück zu meinem Auto. Ich denke nur noch daran, nach Hause zu fahren und Alex alles zu berichten. Hastig wähle ich seine Nummer und warte aufgeregt darauf, dass er an sein Telefon geht.

»Stenn.«

»Ja hallo, hier ist Sue.«

Sofort überflute ich ihn mit den Neuigkeiten. Ich spreche über den gelieferten Dolch und meinen kleinen Ausflug. Alex ist nicht sehr begeistert, regt sich aber recht schnell wieder ab. Es war noch nicht mitten in der Nacht und heute ist auch kein Vollmond. Doch als ich ihn frage, ob er am siebzehnten Dezember in der Vollmondnacht mitkommen würde, ist er schockiert.

»Wieso willst du unbedingt dort hin? Falls es noch mehr Werwölfe geben sollte, bringst du dich nur unnütz in Gefahr und wenn nicht, verschwendest du deine Zeit.«

Alex versucht noch eine ganze Weile auf mich einzureden, bis ich es irgendwann einfach nicht mehr erwähne.

Mich hingegen lässt dieses Thema einfach nicht in Ruhe und daher forsche ich. Doch gibt es dort nicht mehr allzu viel an Informationen. Alles Weitere das ich finde beruht nur auf Legenden, welche ich schon unzählige Male gelesen habe.

Wie sollte es auch. Alle Menschen halten so etwas immer nur für Märchen und Gruselgeschichten, die man sich erzählt. Da ich die Nächte über kaum schlafe, lässt meine Konzentration bei der Arbeit immer mehr nach. Mein Chef sucht erneut das Gespräch mit mir.

»Sue, was ist denn mit dir los?«

Was soll ich ihm nur sagen? Die Wahrheit würde er eh nicht glauben.

»Es ist alles in Ordnung bei mir. Ich weiß auch nicht, warum ich mich nicht konzentrieren kann.«

Bemitleidend schaut er mich an.

»Es tut mir wirklich leid, aber das geht so nicht weiter. Ich habe dich ja bereits darauf hingewiesen, dass du etwas ändern musst. Ich mache das auch wirklich ungern, aber ich muss dir eine Abmahnung geben. Vielleicht rüttelt dich das ein wenig wach.«

»Ja. Ja, das kann ich verstehen. Ich werde versuchen, mich ab jetzt zusammen zu reißen und mich auf die Arbeit konzentrieren.

Traurig mache ich mich ans Werk. Ich muss das Thema mit diesen Wesen jetzt ruhen lassen, sonst wird es mir womöglich noch meinen Job kosten. Das ist das Letzte, was ich gebrauchen kann.

So sehr die guten Vorsätze auch vorhanden sind, je näher der Tag des Vollmondes rückt, desto mehr juckt es mir unter den Fingernägeln. Ich weiß, dass Alex nichts von meinem Vorhaben hält, daher telefoniere ich heute Abend nur ganz kurz mit ihm. So kann ich ihn ein bisschen besänftigen.

»Heute mache ich nicht mehr viel. Ich verschwinde gleich eine Stunde in die Wanne und werde ein bisschen entspannen. Die Woche war es sehr anstrengend auf der Arbeit«, flunkere ich.

»Das hört sich doch gut an. Dann mach das, bis morgen mal«, sagt er.

Direkt nachdem wir auflegen mache ich mich fertig. Ich entscheide mich für Schwarz. Den Dolch lasse ich im Anschluss in die Innentasche meines Mantels verschwinden, wo er auch sofort ein kleines Loch in den Stoff schneidet.

»Ach Mist!«

Ich wickle die Klinge schnell in einem alten Geschirrtuch ein und verstaue es erneut. Zum Nähen werde ich später noch genügend Zeit haben. Mit gemischten Gefühlen mache ich mich auf den Weg. Es wird nur dreißig Minuten dauern, bis ich am Ziel bin. Mit meinem Wagen fahre ich fast Mutterseelen alleine die dunklen Straßen entlang. Der Mond scheint schon hell am Himmel und mein Herz pulsiert immer schneller. *Nur keine Sorge, mir kann nichts passieren,* versuche ich mir unentwegt einzureden.

In einer Straße, in welcher ich zuerst mit meiner Suche beginnen möchte, parke ich mein Auto. Wie unter Strom stehend gehe ich die Straße auf und ab. In jeder noch so kleinen und versteckten Einfahrt sehe ich mich um. Bei meinem letzten Ausflug habe ich schon nichts entdecken können, wie dann gerade heute in der Dunkelheit? Habe ich tatsächlich damit gerechnet, dass ich hier einen Werwolf antreffen werde? Und selbst wenn, wie würde ich ihn dann töten? Auf offener Straße, wo neugierige Menschen aus den Fenstern schauen könnten? Schnell merke ich, dass ich völlig planlos hier her gekommen bin, aber abbrechen kommt für mich nicht in Frage.

Nachdem ich schon eine geschlagene Stunde durch die Straßen irre, nehme ich all meinen Mut zusammen und mache mich auf den Weg zu dem Wäldchen. Der kleine Feldweg ist sehr uneben und da es trotz Vollmond recht dunkel ist, sehe ich nicht genau, wo ich hintrete. Immer wieder bleibe ich mit der Schuhspitze an einem hochragenden Stein hängen und stolpere. Doch zielstrebig laufe ich weiter. Kurz vor dem Eingang des Waldes atme ich tief durch. Mein Puls rast so sehr und ich meine in meinen Ohren ein Rauschen zu hören. In meinem Kopf ist es unnachgiebig am Pochen. Kein Schmerz, aber als würde sich all mein Blut nur in der oberen Körperhälfte befinden.

»Jetzt oder nie!«, spreche ich mir selbst Mut zu.

Immer tiefer tapse ich hinein und drehe mich bei dem kleinsten Geräusch panisch um.

»Wäre ich doch lieber zu Hause geblieben«, stammle ich vor Angst, doch nun gibt es kein Zurück mehr.

Ich stehe kurz vor einem Herzinfarkt, als ich endlich alles durchforstet habe. Durchgefroren, ängstlich, erleichtert und doch enttäuscht, mache ich mich auf den Weg zurück zu meinem Wagen. Am Auto angekommen wird mir erst klar, was ich da heute getan habe. Selbst wenn es keine oder eher gesagt, keine weiteren Werwölfe geben sollte, so habe ich mich in Gefahr gebracht. Wer ist denn schon so irre und läuft nachts alleine durch einen Wald? Vielleicht hat Nina doch Recht und ich sollte mir einen Psychologen suchen. Wahrscheinlich sind das alles nur Legenden und es gibt eine andere Erklärung für das Wesen, welches bei mir starb. Ich gehe in Gedanken alles durch und denke sogar an Genexperimente der Regierung. Frustriert fahre ich den langen Weg wieder Heim. Es ist bereits nach Mitternacht und wenn ich am morgigen Tag wieder schlechte Arbeit abliefere, dann sieht es für meinen Job nicht sehr gut aus.

# Kapitel 2

Ohne Umwege mache ich mich heute direkt auf den Weg in mein Bett. Doch kaum dass ich im Traumland ankomme, werde ich unsanft von meinem Telefon geweckt. *Welcher Idiot ruft denn mitten in der Nacht an?!* Verärgert und ohne nachzusehen wer es ist, nehme ich das Gespräch an.

»Wissen Sie eigentlich, wie spät es ist? Normale Menschen schlafen zu dieser Uhrzeit!«

»Sue. Ich muss mich bei dir entschuldigen«, überschlägt sich die Stimme am anderen Ende.

»Alex? Was ist los?«

Ich verstehe nicht warum er sich bei mir entschuldigen muss, er hat doch nichts verbrochen. Aufgeregt spricht er weiter.

»Es gab heute Nacht einen Tierangriff mit Todesfolge in Dortmund. Mann, was bin ich froh, dass du doch nicht mehr dorthin gefahren bist. Wenn ich mir vorstelle, dass es dich angegriffen hätte.«

In meinem Hals bildet sich ein Kloß und ich muss schlucken. Zum einen, weil ich anscheinend knapp einer Begegnung und vielleicht dem Tod entgangen bin und zum anderen, weil ich meinen guten Freund belogen habe.

»Ähm, ich glaube, ich muss dir da etwas erzählen. Du, du weißt ja, dass ich manchmal recht stur sein kann und du weißt auch, dass wenn mich etwas beschäftigt, ich das Rätsel lösen muss«, beginne ich zu erklären.

»Du willst mir doch jetzt nicht sagen, dass du dort gewesen bist?!«

»Nun ja, so direkt nicht. Ich würde sagen, ich habe mich in der Nähe aufgehalten.«

»Verdammt Sue! Ich dachte das Thema dort hin zu fahren wäre vom Tisch gewesen. Vor allem so leichtsinnig zu sein und alleine hin zu gehen. Ich glaube du denkst manchmal einfach nicht nach. Was wäre gewesen, wenn es dich angegriffen hätte und du dich nicht hättest wehren können? Dann würdest du die Würmer bei der Arbeit beobachten können!«

Als ich endlich wieder zu Wort komme, erzähle ich ihm von meiner kleinen Wanderung und, dass es absolut nichts Auffälliges gab. Je mehr wir über die Einzelheiten sprechen, desto klarer wird, warum mir nichts geschehen ist. Ich bin eine halbe Stunde vor dem Angriff wieder zu Hause angekommen.

»Wäre ich doch nur etwas länger geblieben. In der Straße stand mein Wagen. Vielleicht hätte ich das dann verhindern können.«

Empört über diese Aussage blafft Alex mich an.

»Oder DU wärst getötet worden und nicht der Mann. Meinst du nicht, dass du dich ein wenig überschätzt?!«

Dieser bedrohliche Unterton von Alex gefällt mir ganz und gar nicht, daher beende ich das Gespräch. Ich bin genervt und muss gleich schon wieder aufstehen.

Den nächsten Arbeitstag überstehe ich mehr schlecht als recht, aber mein Chef gibt mir keine weitere Abmahnung. Er sagt nur, dass ich mich wenigstens die Tage bis zu meinem Weihnachtsurlaub zusammenreißen soll und dann die Dinge zu klären habe, welche mich von meiner Arbeit abhalten.

# Alex

Mir hat das letzte Gespräch mit Sue keine Ruhe mehr gelassen. Jetzt, wo sie von dem neuerlichen Angriff erfahren hat, wird sie von ihrem Vorhaben nicht mehr abzubringen sein. Daher fahre ich noch am gleichen Tag zu ihr. Als ich eintreffe ist sie noch nicht zu Hause. Ich entschließe mich vor der Haustür auf sie zu warten. Ihrem Gesichtsausdruck nach zu urteilen, als sie endlich ankommt, ist sie noch immer angepisst, nimmt mich jedoch mit in die Wohnung.

»Hey, das war nicht böse von mir gemeint. Ich mache mir doch einfach nur Sorgen um dich«, versuche ich sie zu beschwichtigen.

Tief atmet sie aus.

»Ja, das weiß ich doch, aber ich bin halt kein kleines Kind mehr.«

»Ich weiß. Ich bin aus einem bestimmten Grund hier. Da ich weiß wie verbissen du diese Sache angehst, möchte ich dir einen Vorschlag machen.«

Ich kann sehen wie sich ihre Mine aufhellt und die pure Neugier aus ihr heraus sprudelt. Fragend und mit leuchtenden Augen schaut sie mich an.

»Also, ich habe heute Nacht frei. Wir haben den dritten Vollmondtag und laut deiner Recherche in diesem Jahr die letzte Chance ihn zu beseitigen.«

»Stimmt. In einem Artikel stand geschrieben, dass sie sich einen Tag vor dem offiziellen Vollmond, am Stichtag und einen danach, in Werwölfe verwandeln.«

»Genau und da es hier ja mehrere Tage hintereinander war, denke ich, dass es tatsächlich so stimmt. Na, wie sieht es aus? Lust heute Abend auf eine kleine Jagd zu gehen?«

Sofort ziehen sich ihre Mundwinkel nach oben.

»Du kommst mit?«

Euphorisch springt sie mir um den Hals und drückt mich, als würde sie mir alle Knochen brechen wollen.

»Sue. Sue!«

»Oh, Entschuldigung. Ich freue mich einfach nur so sehr.«

Sie verschwindet kurz in ihrem Schlafzimmer und schwingt etwas in ihrer Hand. Ist das ein Messer?

»Wow. Nicht so nah an meinem Gesicht. Meine Nase möchte ich gerne noch ein wenig behalten.«

»Upsi ...«, ertönt ihre liebliche Stimme.

»Schau mal, das ist mein Dolch aus Silber. Wir müssen uns dann nur etwas für dich einfallen lassen. Mit deiner normalen Waffe wirst du laut den Erzählungen nicht viel ausrichten können.«

Ich überlege lange hin und her.

»Womit hast du denn die Bestie hier erlegt?«

»Das war ein Buttermesser, von dem Silberbesteck meiner Großmutter.«

»Hmm. Es ist zwar nicht sonderlich groß, aber ich denke, wenn ich zwei oder drei Messer mitnehmen kann, sollte es schon helfen.

Mit einem unbeschreiblichen Gefühl machen wir uns zu später Stunde auf den Weg.

»Ich glaube es ist am besten, wenn wir direkt am Waldeingang auf das Monstrum warten. So erregen wir die geringste Aufmerksamkeit«, schlage ich vor.

»Ja, die Idee ist gut.«

Jede Minute, welche wir am Rand des düsteren Waldes ausharren, scheint eine Ewigkeit zu dauern.

»Hoffentlich hast du Recht und es stimmt, dass Werwölfe drei Tage jagen. Wenn nicht, waren die Berichte welche ich durchforstet habe, alle für den Müll«, raunt Sue leise zu mir.

»Ja, hoffen wir das Beste.«

Es dauert nicht lange und wir sehen, wie ein mächtiger Schatten auf uns und den Wald zu hetzt. Mit dem Bruchteil einer Sekunde, wird der Schatten größer und größer. Mein Herz schlägt im Grenzbereich und um mich herum wird alles unwirklich. Verschwommen. Ruhig versuche ich dagegen an zu atmen. Gedanklich zwinge ich mich einfach in einen normalen Einsatz und rufe die gelernten Abläufe der Verteidigung ab. Sue und ich stehen aus der Hocke auf und machen uns bereit. Bereit um unser Leben zu kämpfen.

Das war eine absolut hirnrissige Idee. Noch in der Bewegung erspäht uns der Werwolf und hält direkt auf uns zu. Unnachgiebig stürzt er sich auf Sue und reißt sie zu Boden. Der Dolch, welchen sieeigentlich festumklammert in ihrer Hand hält, fällt durch den Zusammenprall ein ganzes Stück neben sie, an den Wegesrand. Doch ich habe keine Chance da dran zu kommen.

Während sie mit aller Macht das Vieh versucht von sich zu drücken, schlage und steche ich unentwegt mit den kleinen Messern von hinten auf den Rücken ein.

»Mist, das bringt rein gar nichts!«, brülle ich frustriert.

»Hey! Hey, du Mistvieh! Hier bin ich!«, schreie ich, doch er will einfach nicht von Sue ablassen.

Ich kann sehen, wie sich die scharfen und langen Krallen in Sues Oberarm bohren. Vor Schmerzen schreiend nimmt sie all ihre Kraft zusammen und drückt sich mit ihrem Becken etwas näher an ihre Waffe heran. Mit letzter Kraft greift sie nach dem Dolch und lässt ihn über den Boden, zu mir schlittern.

Mit voller Wucht ramme ich die Klinge in die linke Seite des Rückens, des Monstrums. Sie muss direkt das Herz getroffen haben, denn es gibt einen lauten, ohrenbetäubenden Heuler und dann verlassen den Wolf die Kräfte. Er fällt in voller Länge auf Sue. Sie hat damit zu kämpfen den leblosen Körper der Kreatur von sich runter zu bekommen.

»Alex ... hilf mir. Er, er ist zu schwer«, schnauft sie.

Meine Finger krallen sich in das struppige Fell und ich ziehe, während Sue weiter drückt. Gemeinsam schaffen wir es, sie von dem Ungetüm zu befreien. Erschöpft lasse ich mich neben Sue auf den Boden fallen. Völlig aus der Puste und adrenalinuntersetzt, versuchen wir im Kopf wieder klar zu werden. Als ich meinen Blick nach rechts wende, schaue ich auf den blutverschmierten Arm.

»Hat er dich gebissen? Hast du Schmerzen?«, erkundige ich mich besorgt.

»Nein, nur gekratzt. Solange ich den Arm nicht bewege oder daran komme, brennt es nur.«

Vorsichtig schiebe ich ein Stück des zerfetzten Mantels bei Seite.

»Das muss genäht werden. Wir müssen gleich in ein Krankenhaus.«

Sue schaut mich mit hochgezogenen Augenbrauen an und beginnt zu lachen.

»Ja klar und denen sagen wir dann, dass mich ein Werwolf angefallen hat. Die sperren uns sofort weg. Ich mach das zu Hause sauber und verbinde die Wunde.«

# Sue

Langsam stehen wir wieder auf. Mein Puls beginnt sich zu regulieren und ich bekomme wieder einigermaßen Luft. Das Rauschen in meinen Ohren lässt endlich nach. Mit weit aufgerissenen Augen verfolgen wir ein spektakuläres Schauspiel, welches sich uns darbietet. Wir sehen, wie sich das Fell in die Haut des Wesens zurück zieht und sich seine Körperform verändert, bis vor uns der leblose Leib eines älteren Mannes liegt.

»Meinst du das ist einer der Ältesten in der Hierarchie?«, frage ich Alex fasziniert.

»Das kann ich dir nicht sagen. Dem Alter nach würde ich ja sagen, aber man weiß ja nicht, wann er verwandelt wurde oder ob er so geboren ist.«

»Da hast du Recht. Aber nun haben wir zumindest einige Menschen vor dem Tod bewahren können.

Unsicher schaue ich ihn an.

»Was machen wir jetzt nur mit der Leiche? Wir können den Mann ja hier nicht so liegen lassen. Wir beide haben hier so viel DNA und Spuren zurück gelassen, die würden uns einbuchten.«

Er überlegt kurz und dann fällt ihm sein Kollege, Mark ein. Er war in der Nacht des ersten Falles auch bei mir und hat alles mit angesehen. Mark würde ihnen glauben und versuchen zu helfen. Schnell hat Alexander ihn erreicht und erklärt ihm im Groben, dass wir ein Problem haben. Sein Kollege ist erschüttert, doch er möchte uns beiden beistehen. Kurze Zeit später kommt er mit einem kleinen, dunklen Transporter den Feldweg entlang gefahren. Um nicht noch mehr Aufsehen zu erregen, fährt er ohne Licht. Zu dritt hieven wir den Mann in den Laderaum und verschließen die Türen. Mark spricht mit ernster Stimme zu uns.

»Ich will keine Details wissen und ihr stellt mir keine Fragen. Die Leiche werde ich verschwinden lassen und wir werden darüber nicht mehr reden.«

Mir klappt die Kinnlade runter. *Was macht er bloß mit der Leiche? Wo bringt er sie hin?*, schießt es mir durch den Kopf.

Ohne ein weiteres Wort verschwindet Mark auch schon in die Nacht. Alex und ich steigen, aufgewühlt von den Erlebnissen, in mein Auto und machen uns umgehend auf den Heimweg. Ich muss dringend meinen Arm verarzten. Bei jeder Kurve durchfährt mich ein unerträgliches Brennen und Stechen. Es tut so höllisch weh, dass ich meine Zähne fest zusammenbeißen muss, um nicht aufzuschreien. Alex darf davon nichts mitbekommen, sonst macht er sich nur unnötig Sorgen und beginnt wieder mit seinem dämlichen Krankenhaus.

Als wir in meinem kleinen Badezimmer sind, lasse ich Alex das Verbandsmaterial aus meinem Sanischrank holen. Währenddessen ziehe ich meine Jacke und den Pullover aus, damit ich die Verletzungen beäugen kann. Es sieht schon übel aus, das muss ich zugeben. Als Alex zu mir kommt, dreht er umgehend seinen Kopf zur Seite, als er mich im BH dort stehen sieht.

»Entschuldigung«, bringt er leise hervor.

Normalerweise wäre mir das tatsächlich peinlich gewesen, aber in diesem Augenblick will ich nur, dass diese

Schmerzen aufhören. Ich beuge mich mit meinem Oberkörper über die Wanne. Das Blut tropft langsam, aber stetig aus vier klaffenden Wunden, auf die weiße Keramik. Mit schmerzverzerrter Stimme antworte ich ihm.

»Alex, das ist jetzt egal. Bitte hilf mir.«

Sofort kommt er zu mir, stellt das Wasser auf lauwarm ein und spült vorsichtig meine Wunden aus. Am liebsten würde ich laut los schreien. Es brennt so sehr, als würde man mir die Wunden noch weiter aufreißen. Aber da muss ich durch, denn für ein Krankenhaus hätte ich gerade keine Erklärung parat.

»Bist du dir sicher, dass du das nicht bei einem Arzt nähen lassen willst?«

Mit zusammengepressten Lippen nicke ich. Ich habe einfach keinen Kopf, um mir Ausreden einfallen zu lassen.

»Du machst mir gleich einen Druckverband und wenn es morgen nicht besser sein sollte, dann kann ich immer noch zu einem Arzt gehen.«

Als das Martyrium des Desinfizierens endlich zu Ende ist, macht Alex mir, wie ich es gewünscht habe, einen Druckverband. Das waren die schlimmsten Schmerzen, welche ich jemals habe ertragen müssen. Alex achtet darauf, dass ich mich auch sofort hinlege und verschwindet dann selbst, da wir beide morgen arbeiten müssen.

# Kapitel 3

Der Tag ist die reinste Tortur. Wegen der eingelegten Nachtschicht habe ich direkt verschlafen und darf mir am Morgen schon eine Standpauke abholen, die sich gewaschen hat. Der Blick meines Chefs fällt auch kurzzeitig auf meinen verbundenen Arm, aber er fragt erst gar nicht nach. Wahrscheinlich ist er es leid, sich meine Erklärungen anzuhören. Deprimiert widme ich mich meiner Arbeit und denke mir immer wieder, *nur noch bis Freitag. Dann habe ich Urlaub.*

## Alex

Ich kann mich heute kaum auf meine Arbeit und die Einsätze konzentrieren. Immer muss ich an Sue denken, ob es ihr auch gut geht. Die Verletzungen sahen wirklich nicht gut aus. Warum muss sie auch so stur wie ein Esel sein. Uns wäre schon eine Ausrede für das Krankenhaus eingefallen. Hoffentlich verheilt wenigstens alles schnell. Den restlichen Tag bringe ich mehr schlecht als Recht zu Ende.

Mein Kollege weiß zum Glück, warum ich heute nicht so ganz auf der Höhe bin. Auch er scheint noch einiges in der Nacht erledigt zu haben. Er wirkt heute nämlich auch nicht, wie aus dem Ei gepellt. Direkt nach meinem Feierabend fahre ich rasch zu Sues Wohnung. Fast zeitgleich treffen wir vor der Tür ein. Sie sieht schlecht aus. Ihr Gesicht hat kaum noch Farbe und irgendwie macht sie den Eindruck, dass sie abwesend ist.

»Was ist los? Geht es dir nicht gut?«, will ich wissen, aber sie bleibt noch stumm.

Doch als wir ihre Wohnungstür schließen, erzählt sie mir was los ist.

»Ach weißt du, ich habe heute früh verschlafen. In der letzten Zeit lief es nicht wirklich bei der Arbeit. Nun habe ich heute zu Feierabend noch die zweite Abmahnung bekommen. Ich bin froh, wenn ich bald endlich Urlaub habe. So wie es im Moment ist, bin ich sonst demnächst arbeitslos.«

»Das ist natürlich Mist. Aber ich denke der Urlaub wird dir gut tun. Komm mit ins Bad. Ich möchte mir die Verletzungen ansehen und den Verband wechseln.«

Sue läuft erschöpft vor mir her und setzt sich auf den Toilettendeckel. Vorsichtig wickle ich den Mull auf, was ihr allein schon Schmerzen bereitet. Und das, obwohl ich sie kaum berühre. Die Kompresse, welche ich direkt über die Wunde gelegt habe, beginnt schon festzukleben. Ich mag ihr nicht wehtun, aber sie muss ab. Vorsichtig, doch nicht zu langsam entferne ich das Tuch. Tränen laufen ihr über das schmerzverzerrte Gesicht. Sue sagt nicht einen Mucks. Ich kenne niemanden, der jetzt nicht Aua geschrien oder irgendein Geräusch gemacht hätte. Selbst ich wäre an die Decke gegangen. Akribisch begutachte ich alles.

»Das sieht nicht gut aus. Keine Widerrede, ich fahre dich jetzt sofort in das nächste Krankenhaus. Und mit sofort meine ich jetzt!«

Sie setzt zum Glück nicht zur Gegenwehr an. Das zeigt mir, wie geschwächt sie eigentlich schon ist. In der Notaufnahme sitzen wir nicht lange, bis wir aufgerufen werden.

»Frau Lechter bitte!«, ertönt die Stimme des zuständigen Arztes.

Wir folgen ihm in den Behandlungsraum.

»Was führt Sie hier her?«

Sue setzt sich auf die Behandlungsliege und beginnt zu erklären, was wir uns im Vorfeld ausgedacht haben.

»Wissen Sie, vor kurzem ist mein Nachbar in seiner Wohnung ermordet worden und bei mir wurde versucht einzubrechen. Als ich gestern auf meiner Terrasse war und ein seltsames Geräusch hörte, habe ich mich so sehr erschrocken, dass ich durch die Scheibe der Terrassentür geschossen bin. Von dem Glas habe ich Schnitte davon getragen. Eigentlich dachte ich, dass das nicht so schlimm wäre, aber irgendwie geht es mir nicht sonderlich gut.«

»Nur ein Unfall?«, fragt der Arzt, während er mir einen vorwurfsvollen Blick zu wirft.

Der denkt doch jetzt wohl nicht an häusliche Gewalt? Mit Sicherheit tut er das. Ich würde es ja auch.

»Wenn ich kurz etwas dazu sagen dürfte. Ich bin der Polizist, welcher damals für den Fall zuständig war. Ich habe Frau Lechter heute nur mitteilen wollen, dass der Fall abgeschlossen ist. Als ich von dem Unfall hörte und ihren Zustand sah, habe ich sie her gebracht.«

Der Arzt runzelt die Stirn. Wahrscheinlich wirft das bei ihm nun noch mehr Fragen auf, weil ich mit in dem Behandlungsraum bin, doch er sagt nichts zu der Erklärung.

»Also, die Wunde ist arg entzündet und an diesem feinen, roten Strich können Sie erkennen, dass sich eine Lymphangitis gebildet hat. Das ist eine Entzündung der Lymphbahnen. Es ist gut, dass Sie hier sind. So etwas kann zu einer Blutvergiftung führen. Ich werde nun die Wunde reinigen und dann bekommen Sie einen Salbenverband. Dieser wird bitte täglich gewechselt. Zusätzlich verschreibe ich Ihnen ein Antibiotikum. Sie müssen allerdings morgen zu Ihrem Hausarzt, um die Wunde prüfen zu lassen. Ich mache Ihnen für den Arzt eine kleine Markierung damit er weiß, ob die Entzündung gestoppt ist oder weiter fortschreitet. Sie werden für etwa eine Woche krankgeschrieben, das macht aber der Hausarzt. Sie müssen sich nun ausruhen und dürfen sich nicht überanstrengen.«

Nachdem wir endlich fertig sind und wieder im Auto sitzen, ist Sue ununterbrochen am meckern. Jedoch so leise, dass ich nur Wortfetzen verstehen kann. Immer wieder wirft sie mir böse Blicke zu, bis mir der Kragen platzt.

»Was stänkerst du hier denn die ganze Zeit rum? Sei doch froh, dass wir nun bei einem Arzt waren. Es hätte auch noch schlimmer werden können. Du hast ihn doch gehört«, gebe ich ihr zu verstehen, doch es prallt an ihr ab.

»Hast du nicht gesehen, wie er uns angeschaut hat? Der hat die Story nie im Leben geglaubt.«

»Frauen ... Die soll mal einer verstehen!«, blaffe ich sie an und schüttle meinen Kopf.

Sue habe ich nur bei ihrer Wohnung abgesetzt und bin dann direkt weiter.

# Sue

Die nächsten beiden Tage überstehe ich ganz gut. Es ist zwar recht langweilig Zuhause, aber die Zeit schlage ich mit Serien gucken und im Internet surfen tot. Auf Alex bin ich immer noch sauer. Was wäre denn gewesen, wenn der Arzt so misstrauisch geworden wäre, dass er die Polizei gerufen hätte? Er ist doch ein Fachmann und hat sofort gemerkt, dass das keine Schnitte sind. Selbst ich als Laie weiß, dass Wundränder bei Schnitten glatt sind und das waren meine definitiv nicht.

Während der beiden Tage haben wir nicht wirklich miteinander gesprochen. Alex hat mich lediglich per Handynachricht gefragt, wie es mir geht. Doch heute, am Freitag, schellt auf einmal mein Smartphone. Kurz überlege ich, ob ich überhaupt dran gehen soll. Wenn er anruft muss etwas passiert sein. Die Verärgerung in meiner Stimme kann ich jedoch nicht ganz unterdrücken.

»Ja bitte!«

Er scheint es vollkommen zu übergehen, denn Alex legt direkt los.

»Du, in der Nacht als wir den Werwolf getötet haben, hat er tatsächlich zuvor eine Frau ermordet. Ich gehe zumindest davon aus, denn es heißt wieder unerklärlicher Tierangriff mit Todesfolge.«

Meine Neugier ist geweckt und alles andere vergessen. Ich richte mich kerzengerade auf und lausche seinen Worten. Wir quasseln noch eine ganze Weile und sprechen uns zum Glück wieder aus.

»Du Alex, es ist ja bald Weihnachten. Da wollte ich fragen, ob du nicht Lust hättest vorbei zu kommen. Du

75

weißt ja, der Kontakt zu meiner Familie ist ja seit ein paar Jahren nicht mehr existent.«

Am anderen Ende der Leitung ist es still. Sofort versuche ich zurück zu rudern.

»Wie dumm von mir. Du wirst wahrscheinlich mit deiner Familie feiern.«

»Nein. Also ja. Ich will damit sagen, ich komme gerne vorbei. Die letzten Jahre habe ich nur kein Weihnachten mehr gefeiert, weil meine Eltern bei einem Autounfall verunglückt sind. Danach gab es für mich keinen Grund mehr diese Tage als etwas Besonderes anzusehen.«

»Oh, das tut mir leid mit deinen Eltern.«

»Passt schon. Also Heiligabend um wie viel Uhr?«

»Ich bin den ganzen Tag zu Hause. Mit den Vorbereitungen beginne ich schon früh. Essen habe ich an achtzehn Uhr gedacht. Komm einfach, wenn es bei dir passt. Nur zum Essen solltest du pünktlich sein, sonst fange ich ohne dich an«, sage ich schmunzelnd.

»Ok, dann komme ich gegen Mittag zu dir.«

# Das
# Schrankmonster

# Kapitel 1

## Sue

Es ist Heiligabend und ich bin extra früh aufgestanden, um alles vorzubereiten. Die Rouladen habe ich bereits gestern gemacht, damit sie gut köcheln und ziehen können. Heute muss ich nur noch den Baum schmücken, ein paar Häppchen und die Klöße zubereiten. Normalerweise habe ich in den letzten Jahren Weihnachten immer alleine verbracht, doch dieses Mal wird es anders. Ich muss diese Tage nicht einsam versauern. Irgendwie macht sich in mir ein wohliges Gefühl breit und ich freue mich schon richtig. Gut gelaunt und mit Weihnachtsmusik im Hintergrund, mache ich mich an die Arbeit. Sogar meine Beine bewegen sich manchmal heimlich im Takt.

»Jetzt muss nur noch der Stern auf die Spitze.«

Flink hole ich einen Stuhl aus meiner Küche und laufe singend zurück ins Wohnzimmer, als es auf einmal an der Tür schellt.

»Alex«, kommt es mir freudig über die Lippen.

»Hey Sue.«

Er steht vollgepackt mit zwei großen Tüten vor mir. Neugierig schaue ich, ob ich einen Blick hinein erhaschen kann, doch er zieht sie wieder zurück.

»Da können wir gleich rein gucken. Aber du siehst, bepackt mit dem Stuhl so aus, als hättest du etwas vor.«

»Ach so. Natürlich. Ich komme nicht oben an den Baum dran.«

»Du hast einen Baum besorgt?«

»Na klar. Wenn ich schon nicht alleine sein muss, dann mit allem Drum und Dran.«

Alex folgt mir, betrachtet die Tanne und nimmt mir dann die Baumspitze ab.

»Hättest du als Kind immer schön deinen Teller leer gemacht, wärst du auch nicht so klein«, witzelt er.

»Du hast gut reden, du halber Riese«, pruste ich, als er sich nur ein Stück nach oben streckt und den Schmuck anbringt.

»Kann ich noch etwas helfen oder bist du soweit mit allem durch?«

»Es sind nur noch Kleinigkeiten in der Küche, die ich vorbereite.«

»Okay, dann helfe ich dir.«

Die Zeit rauscht nur so an uns vorbei und ehe wir uns versehen, ist es schon fast sechzehn Uhr.

»So, dann lass mich dir zeigen, was ich alles mitgebracht habe.«

Aufgeregt tapse ich ihm in mein Wohnzimmer hinterher. Aus einer der Taschen zieht er ein kleines, in bunten Papier eingeschlagenes Päckchen.

»Nein. Du hast doch nicht etwa ein Geschenk für mich?«

»Nur eine Kleinigkeit«, grinst er frech.

»Das trifft sich gut. Dann bin ich nicht alleine«, gluckse ich und deute auf ein kleines Präsent unter dem Baum.

»Ich habe uns auch noch einen leckeren Wein mitgebracht und ... hier habe ich heimlich auf der Arbeit ein paar Kopien von Fällen gemacht, welche bisher noch nicht gelöst wurden.«

Mein Herz hüpft vor Aufregung in meiner Brust.

»Da sind einige dabei, welche echt verwirrend sind. Schau sie dir mal an und sag mir deine Meinung dazu.«

Mit Begeisterung blättere ich durch die Unterlagen. Da habe ich ihn mit meiner Neugier anscheinend angesteckt. Die einzelnen Fälle enthalten jeder für sich ein schweres Schicksal. Ich muss an die Familien der Opfer denken und lege alle, bis auf einen wieder weg.

»Dieser hier. Da möchte ich gerne mehr drüber wissen. Die Mutter tut mir so unendlich leid«, sage ich, als ich mit meinem Zeigefinger auf ein Dokument tippe.

Alex schaut sich an, was ich ausgesucht habe und ist der gleichen Meinung. Es geschah in Dorsten und war somit nicht sehr weit weg. Vor drei Jahren verschwand ein kleiner, sechsjähriger Junge namens Tim, aus seinem Kinderzimmer in der ersten Etage. Die Spurensicherung konnte keinerlei Einbruchspuren feststellen.

Weder an den Türen im Haus, noch an irgendeinem Fenster. In der Aussage, welche die Mutter, Frau Tamer machte stand, dass ihr Sohn einige Tage zuvor von einem Monster sprach, welches aus seinem Schrank kommen würde. Da die Polizei aber nicht nach Fantasiegestalten sucht, war dieser Hinweis nicht relevant für sie. Nach einigen Monaten wurden die Ermittlungen eingestellt, weil man nicht den Hauch einer Spur hatte, bei der man ansetzen konnte.

»Meinst du, es gibt wirklich Monster?«, frage ich leicht abwesend.

Alex überlegt eine geraume Zeit.

»Warum nicht? Es gibt ja anscheinend auch Werwölfe. Wer weiß, was da draußen noch so vor sich geht, von dem wir nichts wissen.«

»Ich würde mir gerne das Haus und die Umgebung dort ansehen«, werfe ich direkt ein.

»Wie wichtig ist dir Weihnachten?«

Perplex sehe ich Alex an.

»Eigentlich nicht wirklich sehr, warum?«

»Na dann. Worauf warten wir noch? Zieh dich an und dann auf, auf.«

Alex spricht mir aus der Seele und wie ein Windhund beim Startschuss, renne ich durch meine Wohnung und mache mich fertig. Draußen weht ein eisiger Wind, so dass ich den Reißverschluss meiner Jacke komplett zu ziehe. Wenigstens mein Hals muss warm bleiben. Eine Erkältung kann ich jetzt nicht gebrauchen.

Diesmal fahren wir mit dem Wagen von Alex, einem metallic grauen Geländewagen. Er muss fahren, denn das Lenken fällt mir immer noch ein wenig schwer. Nach etwa zwanzig Minuten kommen wir an der Straße an, auf welcher das Haus stehen soll. Um uns herum ist alles stock finster. Nicht eine einzige Laterne erhellt die Umgebung. Auch sind weit und breit keine

Häuser zu sehen. Langsam fahren wir weiter und plötzlich taucht auf der rechten Seite ein Haus wie aus dem Nichts auf.

»Ich kann keine Nummer erkennen«, sage ich, während ich mit zusammengekniffenen Augen Ausschau halte.

Alex bleibt kurz stehen und nun kann man mit viel Mühe eine Hausnummer erahnen. Es ist leider nicht das gesuchte Objekt, also fahren wir weiter. Wieder ist weit und breit nichts zu erspähen.

»Scheint hier ziemlich einsam zu sein«, sagt Alex.

Ein paar hundert Meter weiter stoßen wir auf ein Gebäude.

»Halt, das ist es!«, platzt es aus mir heraus.

Das Haus jagt einem einen kalten Schauer über den Rücken. Es ist von außen sehr verwittert und überall wuchern Efeu und andere Ranken an der Fassade empor. Neugierig steigen wir aus und gehen langsam auf die Eingangstür zu. Das komplette Haus ist dunkel. Für die Weihnachtszeit eigentlich seltsam, dass nirgendwo ein Licht brennt. Zusammen schleichen wir nach hinten in den Garten. Doch dort ist es genauso, wie an der Front. Nichts, was auf einen Bewohner schließen lässt.

»Ich glaube das Haus steht leer«, flüstert Alex.

Ich nicke und blicke an der Wand hoch.

»Hast du eine Taschenlampe dabei? Weil da oben steht ein Fenster offen. Wir müssen nur da hinauf kommen und dann können wir uns in dem Haus kurz umsehen«, erwidere ich.

»Bist du verrückt?! Das was wir machen ist bereits Hausfriedensbruch. Jetzt noch einbrechen? Ich arbeite bei der Polizei.«

Ich kratze mir kurz am Kopf.

»Dann war halt Gefahr in Verzug.«

»Ja natürlich, bei einem leerstehenden Haus.«

Ich werfe ihm einen kalten Blick zu und Alex resigniert recht schnell. Vor sich hin brummend holt er aus seinem Wagen eine Taschenlampe. Noch mal lassen wir unseren Blick durch die Gegend schweifen, ob wir auch tatsächlich alleine hier sind, doch in der Dunkelheit können wir nicht viel erkennen. Alex hilft mir dabei, auf seine Schultern zu klettern. Normal wäre das ein Leichtes, aber ich kann meinen Arm nicht so belasten, wie ich es will und daher wird es zu einer sehr wackeligen und schmerzhaften Angelegenheit.

»Geh ein Stück näher ran, wie soll ich denn so an das Fenster kommen?«, fauche ich.

Alex ist auch nicht weniger genervt und äfft mich nach, bis er endlich etwas näher an das Haus heran geht.

»Gleich. Ich hab es gleich – ah, jetzt.«

Mit meiner Hand schlängle ich mich durch den Spalt, des auf Kippe stehenden Fensters und bekomme den Griff zu fassen.

»Jetzt bitte nicht bewegen, sonst fällt das Fenster rein.«

»Quatsch nicht, sondern mach. Auch du wirst nicht leichter, nur weil du Höhenluft schnupperst.«

Mit meinem Fuß tippe ich ihm auf die Schulter. Nicht kräftig, aber immerhin so viel, dass er weiß wofür dieser Rüffel ist. Ein leises Knacken ist zu hören, als ich den Fenstergriff umlege und dann ist es auch schon offen. Nun versuche ich mich unter Schmerzen hinein zu hieven und gleichzeitig das Fenster weiter fest zu halten, denn es hängt nur noch am unteren Scharnier.

Meine Finger werden schweißnass und ich kann spüren, dass ich jeden Moment von dem Rahmen abrutschen werde. In letzter Sekunde schaffe ich es, meine Beine hinein zu ziehen und mit meiner anderen Hand nach zu fassen. Als ich endlich sicher stehe und das Fenster eingerastet ist, greife ich nach meinem schmerzenden Arm. Mit der Taschenlampe leuchte ich langsam das gesamte Zimmer aus.

Es muss das Elternschlafzimmer sein. Mir gefriert das Blut in den Adern. Es ist alles so dunkel, voller Staub, Spinnenweben und ich kenne mich hier nicht aus. Vorsichtig und mich immer wieder umdrehend, gehe ich hinunter, um Alex die Terrassentür zu öffnen.

»Das wird aber auch mal Zeit. Ich stehe mir hier schon die Beine in den Bauch.«

»Mensch, hör auf zu jammern und komm«, rege ich mich auf.

Gemeinsam begutachten wir jedes einzelne Zimmer. Es scheint, als hätte die Familie all ihre Sachen zurück gelassen und wäre fluchtartig auf und davon. Ich frage mich, was der Grund dafür sein könnte. Die Möbel sind in einem guten Zustand und wirken recht neu. Nachdem wir im unteren Bereich alles in Augenschein genommen haben, gehen wir nach oben. Das Schlafzimmer kenne ich ja bereits, daher machen wir uns umgehend auf die Suche nach dem Kinderzimmer des Kleinen. Direkt neben dem Schlafzimmer befindet sich auch eines, doch hier gibt es viele Puppen. Es ist nichts Verwerfliches daran, dass auch Jungen mit Puppen spielen, trotzdem glaube ich nicht, dass es das richtige Zimmer ist, denn auch die Wände sind rosa gestrichen.

»Stand in dem Bericht etwas von einem weiteren Kind?«, frage ich perplex.

»Nicht dass ich wüsste. Vielleicht hat sie eine Tochter bekommen, nachdem der Fall zu den Akten gelegt wurde.«

Wir treten wieder in den Flur und werfen einen Blick in die anderen Räume. Die Dunkelheit lässt alles so unheimlich wirken. Durch das Licht der Taschenlampe huschen immer wieder monströse Schatten über die Wände. Mein Puls beschleunigt sich so sehr, dass ich glaube jeden Moment in tausend Teile zu zerspringen. Mein gesamter Körper ist auf Flucht ausgerichtet. Ich liebe ja Horrorfilme, aber so etwas selber erleben ist etwas vollkommen anderes.

Da! Da ist ein weiteres Kinderzimmer. Diesmal sind wir richtig. Vorsichtig betreten wir den Raum. In den Regalen stehen noch Spielzeugautos und Dinosaurier. Es ist ein typisches Jungenzimmer, welches mit viel Liebe zum Detail eingerichtet ist. Auch ein Fußball liegt in einer Ecke. Sofort inspizieren wir das Fenster, ob es dort nicht doch Spuren gibt, welche man übersehen hat. Nichts. Als nächstes nehmen wir uns den Schrank vor.

Auch hier ist nichts auffällig. Keine Kratzer im Holz oder sonstige Spuren.

»Wir sollten wieder fahren«, flüstert Alex, während er ununterbrochen den Schrank im Auge behält.

»Ich werde mich über die Familie erkundigen und dann sehen wir weiter.«

»Ja, das ist eine gute Idee. So kommen wir ja nicht weiter. Aber zumindest kennen wir nun das Zimmer.«

Durch die Terrassentür im Wohnzimmer, verlassen wir das Haus. Wortlos fahren wir zurück zu mir, jeder in seine eigene Gedankenwelt versunken. Kaum dass wir wieder in meinen vier Wänden sind, schnappt sich Alex sein Handy und telefoniert mit einigen seiner Kollegen.

»Hey, Alex hier. Ich habe ein paar Fragen zu dem Fall Tamer. – Ja, ich weiß, dass der Fall ruht. – Ach du kennst das doch. Die Feiertage verleiten einen immer dazu, über alles nachzudenken. Ich habe vor einer Weile etwas über den Fall gehört und es lässt mich einfach nicht los. – Ja, ich warte.«

Während er versucht Informationen einzuholen, schaue ich mir noch einmal die Berichte an. Vielleicht haben wir ja alle etwas übersehen. Irgendeine Kleinigkeit muss doch zu finden sein. Es ist, wie wenn man seine Klassenarbeit immer und immer wieder durchliest, auf der Suche nach eingeschlichenen Fehlern. Man findet nichts. Auch ich zücke mein Mobiltelefon und schaue im Internet. Die Suche nach *Monster im Schrank* ergibt einige Ergebnisse. Doch es sind alles nur erfundene Geschichten und andere Leute, welche selbst danach fragen, ob es Monster in Kleiderschränken gibt. Immer wieder lese ich darin, dass man diese Wesen angeblich mit einer einfachen Waffe erschießen könnte. *Woher wollen die das wissen, wenn sie selbst fragen müssen, ob es Monster gibt. Alles nur Vermutungen.*

# Alex

»Sue. Ich habe die neue Anschrift von Frau Tamer bekommen. Jetzt ist die Frage, sollen wir uns als Kaufinteressenten ausgeben oder soll ich mich als Polizeibeamter zu erkennen geben?«

Ich kann sehen wie Sue am grübeln ist, denn ihre Stirn legt sich dann immer in so winzig kleine Fältchen. Irgendwie ist das schon putzig und ich muss innerlich darüber lächeln.

»Ich glaube es ist besser, wenn wir uns als Interessenten ausgeben. Sobald du sagst, du wärst von der Polizei, wird es ihr einen schweren Schlag versetzen und erzählen wird sie schon gar nichts. Überleg mal, sie hat damals etwas von einem Monster berichtet und das wurde nur so abgetan.«

»Ja, du hast Recht. Ich versuche sie morgen zu kontaktieren.«

Sue schaut mich entrüstet und vorwurfsvoll an.

»Du willst sie doch nicht zu Weihnachten mit dem Haus konfrontieren?«

»Wollen nicht, aber ich habe leider nicht ewig frei und wir wissen davon ja auch überhaupt nichts. Also offiziell.«

»Aber dennoch. Es ist Weihnachten. So etwas macht man einfach nicht.«

Ich kann sehen, dass es ihr nicht passt und es schmeckt mir gar nicht, dass sie im Inneren gerade einen kleinen Interessenskonflikt hat. Aber sie versteht auch, dass wir nicht immer für so etwas Zeit haben und es leider nur so planen können.

»Aber es stimmt schon. Ansonsten haben wir nicht wirklich viel Zeit.«

»Komm. Ich helfe dir noch den Verband zu wechseln, so kann ich mir die Wunde noch einmal angucken.«

Diesmal warte ich vor der Badezimmertür, bis Sue sich ausgezogen und mit einem Handtuch bedeckt hat. Die Situation hat mich letztens zugegebener Maßen ziemlich kalt erwischt. Das kenne ich von mir so überhaupt nicht. Noch mal brauche ich das nicht. Als sie mich herein ruft bildet sich ein kleiner Kloß in meinem Hals und ich spüre, wie ich etwas schlechter Luft bekomme, weil sich in mir alles anspannt. Meine Augen springen wirr über ihre Erscheinung. Sie wissen nicht, was sie zuerst abspeichern sollen. Das ganze kann ich gerade noch so verbergen, indem ich einen kleinen Witz reiße. Nervös entferne ich den Mull.

»Hey, das sieht doch gut aus. Ich denke du brauchst eigentlich keinen Verband mehr.«

»Meinst du? Ich muss das noch regelmäßig eincremen und da dachte ich, so wäre es besser.«

»Lass ihn Tagsüber ab und klebe nur abends ein Pflaster mit etwas Salbe darauf. Die Haut braucht Luft zum heilen.«

»Alles klar, Herr Doktor«, witzelt sie, während sie nach einem Pflaster sucht.

»Super, dann mache ich mich jetzt auf den Heimweg.«

Gerade als ich zur Tür hinaus gehen möchte, hält mich Sue kräftig an meinem Arm fest und ruft: »Halt!«

Erschrocken wende ich mich ihr zu. Habe ich etwas verpasst?

»Wir haben die Geschenke noch gar nicht ausgepackt.«

Sie wirkt so entsetzt, dass ich nicht anders kann, als über sie und die Situation zu lachen.

Strahlend wie ein Honigkuchenpferd, drückt sie mir das kleine Päckchen in die Hand und schaut auf ihr eigenes. Wie ein kleines Kind zerreißt sie unachtsam das Papier und ich sehe mir das Schauspiel amüsiert an. Allerdings kann ich an ihrem Blick nicht deuten, ob es ihr nun gefällt oder sie enttäuscht ist. Wahrscheinlich war das auch nicht so das passende Geschenk zu Weihnachten.

Mit zwei Fingern holt sie ein kleines Fläschchen mit Pfefferspray hervor und schaut sich die Aufschrift an. Danach liest sie die beigefügte Karte. Sie starrt mich an, als würde ich von einem anderen Planeten kommen. Es ist eindeutig. Sie mag es nicht. Wie konnte ich auch nur annehmen, eine Frau würde sich darüber freuen.

»Du hast ... du, du schenkst mir einen Waffenschein?«

»Naja, den Waffenschein schenke ich dir nicht wirklich, den musst du schon selber machen, aber ich bezahle ihn dir und du bist auch bereits angemeldet. Aber wenn dir das nicht gefällt, schaue ich, dass ich ...«

»Nicht gefallen?! Es ist perfekt. So ein Spray wollte ich schon ewig gekauft haben, aber irgendwie habe ich das immer verschusselt. Und das mit dem Schein ist genial.«

Freudig springt sie mir um den Hals und macht Anstalten mich zu erdrücken. Gerade als es wirklich beginnt mir die Luft abzuschnüren, löst sie ihren Griff.

»Nun du«, sagt sie ganz aufgekratzt.

Ich frage mich wirklich, was sie sich für mich ausgedacht haben könnte. Neugierig öffne ich die Klebestreifen. Ich versuche das Papier nicht so zu zerfetzen, wie es ihre Angewohnheit zu sein scheint. Als ich es endlich ausgepackt habe, staune ich nicht schlecht. Da liegt doch tatsächlich ein Dolch aus Silber in der Schachtel.

»Ich habe mir gedacht es ist blöd, wenn wir uns einen teilen müssen. Außerdem weiß man ja nie, ob wir immer zusammen an einem Ort sind, falls wir jemals erneut einem Werwolf begegnen sollten.«

»Dankeschön, der ist wirklich toll und wird mit Sicherheit sehr hilfreich sein.«

Ich freue mich tatsächlich über dieses Geschenk. Das deutet mir, dass sie um meine Sicherheit genauso besorgt ist, wie ich um ihre. Ich drücke sie fest an mich und genieße einen kurzen Augenblick dieses aufregende Gefühl, welches ich in ihrer Nähe habe und verabschiede mich dann noch einmal.

# Kapitel 2

## Sue

Jetzt versuche ich schon seit einer Stunde einzuschlafen, doch ich wälze mich nur von der einen auf die andere Seite. Genervt trete ich mein Oberbett weg und schwinge mich aus meinem Bett. Ich schenke mir ein Glas Wein ein und setze mich noch ein wenig vor den flimmernden Fernseher. Irgendwie muss ich über alles nachdenken.

Wie viele Menschen doch so unwissend sind. Jeder denkt doch Werwölfe gäbe es nur in Filmen und in Sagen. Aber nun, wo ich und noch zwei weitere es mit eigenen Augen gesehen haben, ist alles anders. Von jetzt auf gleich wurde meine Welt auf den Kopf gestellt und ich werde mit Dingen konfrontiert, an welche ich nie zu glauben gewagt habe. Es jagt mir eine Heiden Angst ein. Am liebsten würde ich es der ganzen Welt erzählen, aber wer würde mir schon Glauben schenken?

Selbst meine beste Freundin habe ich verloren, weil ich ihr die Wahrheit gesagt habe. War sie denn jemals so dicke mit mir? Ich denke nicht, sonst hätte sie sich mir gegenüber nicht so geäußert. *Ich muss das in mein Tagebuch schreiben,* denke ich und stehe nochmals auf, um mein kleines Büchlein zu holen. Beim Schreiben bemerke ich, dass meine Augenlider immer schwerer werden und ich Schwierigkeiten habe, sie noch lange aufzuhalten. Direkt mit Beendigung des letzten Satzes, fallen sie auch schon zu.

Entfernt höre ich mein Handy bimmeln. Leicht verschlafen nehme ich das Gespräch an.

»Hi Alex. Wie spät haben wir es?« frage ich, während ich gähnen muss.

»Hi, Schlafmütze. Es ist gleich zehn Uhr. Wir haben heute Nachmittag einen Hausbesichtigungstermin.«

»Wie das? Ich habe echt nicht gedacht, dass es gerade zu den Feiertagen möglich wäre. Was hast du denn gesagt, wo du die Adresse her hast?«

»Ich habe nur gesagt, dass ich gesehen habe, dass das Gebäude unbewohnt ist und von jemanden aus der Nähe die Telefonnummer bekommen habe. Um nicht aufzufliegen habe ich so getan, als fiele mir der Name nicht mehr ein und da hat sie mir quasi einen auf dem Silbertablett serviert.«

»Das ist super. Holst du mich ab?«

»Klar. Ich rufe durch, sobald ich bei dir bin.«

Bis zu dem Termin will die Zeit einfach nicht vergehen. Eine Minute gleicht einer halben Ewigkeit. Dann ist es endlich so weit. Aufgeregt warten Alex und ich vor dem Haus. Da kommt auch schon ein alter, klappriger Wagen angerauscht.

»Das muss Frau Tamer sein«, murmelt Alex mir zu.

Gemächlich steigen wir aus dem Auto und gehen auf die Frau zu.

»Guten Tag Frau Tamer. Vielen Dank, dass Sie sich heute die Zeit für uns nehmen.«

»Das ist kein Problem. Weihnachten feiern wir eh nie.«

»Das kenne ich, ist bei uns nicht anders. Die Arbeit vereinnahmt einen meist zu sehr.«

Frau Tamer nickt und deutet uns, in das Haus zu treten.

»Kommen Sie, ich zeige Ihnen alles. Hier unten haben wir den Eingangsbereich, das Wohnzimmer mit Essbereich, eine Küche, und ein Gästebad.«

Auch wenn wir bereits im Groben alles kennen, schauen wir uns in jedem Raum um. Es wurde auf jeden Fall sehr liebevoll eingerichtet. Weder ist es von den Farben her steril, noch kunterbunt. Frau Tamer hat wahrlich einen guten Geschmack. Egal welchen Raum man betritt, man fühlt sich willkommen.

»Dann gehen wir mal nach oben, dort befinden sich auch noch ein paar Zimmer.«

Ich höre wie Frau Tamer tief durchatmen muss, bevor sie einen Fuß auf die erste Stufe setzt. Als wir ihr folgen wollen und ich meine Hand auf das Geländer lege, berühren sich Alex' und meine Hand. Es fühlt sich an, wie ein kleiner Stromschlag. Automatisch wende ich mich ihm zu und kann sehen, dass auch er irritiert zu sein scheint. Abrupt ziehe ich meine Hand zurück und versuche nicht ins Straucheln zu geraten. Die Hitze, welche in mir aufsteigt, versuche ich zu verdrängen, was gar nicht so einfach ist.

Als die Führung durch alle Räume beendet ist, liegt mir als angebliche Interessentin eine Frage auf dem Herzen.

»Warum haben Sie noch Ihre Sachen hier? Die sehen doch alle noch recht gut aus.«

Es wirkt so, als ob Frau Tamer sich ertappt fühlt. Sie wirkt nervös und blickt in alle Richtungen, auf der Suche nach einer Antwort.

»Das ist – ähm – wir haben die Sachen.«

Doch dann bricht sie ab. Man sieht förmlich, dass sie mit ihren Tränen kämpft, denn sie blinzelt gegen die aufkommende Flut an. Frau Tamer holt tief Luft und gibt dann nur eine kurze Erklärung ab.

»Die Sachen benötigen wir nicht mehr.«

*So kommen wir nicht weiter. Wir brauchen doch irgendwelche Informationen, die uns helfen könnten.* Noch bevor ich mir Gedanken über eine weitere Frage machen kann, grätscht mir Alex dazwischen.

»Wir haben gehört, dass es hier spukt und mal einen Vorfall mit einem Monster gegeben haben soll.«

Frau Tamer steht vor lauter Schock stocksteif da. Warum muss er so taktlos sein? Wie ein Trampel. Panisch stammelt die arme Frau eine Antwort daraufhin.

»Das, das kann nicht sein. M-monster – hier? Nein! Muss gehen. Ich – ich kann hier nicht bleiben.«

Ihr Gesicht verliert mit einem mal gänzlich die Farbe und sie eilt so schnell es geht die Treppe hinunter.

Kurz vor der Haustür stoppe ich die verwirrte Frau und halte sie sanft am Arm zurück. Da platzt es aus ihr heraus.

»Mein, mein Tim. N-niemand wollte mir gla-auben. Ich, ich habe a-allen davon erzählt, sie m-m-meinten zuletzt, ich sei krank. Er ha-hatte so eine A-angst gehabt und m-mir immer wieder von dem M-monster erzählt. Dann war er weg und m-meine Tochter bekam auf einmal Angst vor einem M-monster. Eines Nachts wollte ich nachsehen, o-ob sie schläft, da stand es neben ihrem Bett. Ich fing an zu, zu schreien und wollte auf das Biest losgehen, da verschwand es im Schrank. In der gleichen Nacht ha-haben wir unsere Sachen gepackt u-und sind von hier verschwunden. Ich hatte schon meinen Jungen verloren, nicht auch noch meine Tochter Luisa.«

Frau Tamer weint so bitterlich, dass ich sie zu der Couch im angrenzenden Wohnzimmer führe.

»Oh mein Gott, das ist ja schrecklich. Setzen Sie sich erst einmal.«

»Sue, wir müssen ihr die Wahrheit sagen. Über das, wer wir sind und was wir schon erlebt haben«, flüstert Alex mir schuldbewusst zu und ich nicke.

Nun versuchen wir ihr alles zu erklären, doch wie macht man das am besten. Wir reden abwechselnd einfach drauflos, bis wir bei dem heutigen Tag ankommen. Frau Tamer schluchzt zweimal laut, dann wird sie ganz ruhig. Mit starrem Blick, welcher auf den Boden gerichtet ist spricht sie zu uns.

»Sie glauben mir also?«

Man sieht richtig, wie sich Erleichterung und Hoffnung in ihr ausbreiten. Ihr Ausdruck wird wesentlich sanfter und ist nicht mehr so gequält.

»Könnt ihr mir meinen Sohn zurück holen?«

Meine Stirn legt sich in Falten und ich blicke sie an.

»Das weiß ich nicht. Bisher haben wir noch nie ein Monster gesehen und das mit Ihrem Sohn liegt schon so viele Jahre zurück. Aber wir können versuchen etwas heraus zu finden und sollte das Monster noch existieren, es zu vernichten.«

»Ja. Ja das verstehe ich. Ich bin dennoch froh, dass mir endlich jemand Glauben schenkt. Das ist mir schon sehr viel Wert. Auch wenn ich meinen Sohn wohl nie wieder sehen, ihn nie wieder in meine Arme schließen werde. Wie sehr ich es doch vermisse, einfach nur den Duft seiner Haare zu riechen«, entgegnet sie mit gesenktem Kopf und wischt sich erneut Tränen aus den Augen.

»Frau Tamer, wäre es möglich, dass wir über Nacht hier bleiben können? Und es wäre schön, wenn Sie niemanden davon erzählen würden«, sagt Alex zu ihr.

»Natürlich. Das bleibt unter uns, keine Sorge. Mich haben die Leute schon viel zu oft einweisen wollen, da werde ich nichts mehr sagen.«

Aufgewühlt händigt sie uns den Schlüssel aus.

»Ich wünsche Ihnen beiden viel Glück. Passen Sie bitte auf sich auf.«

# Kapitel 3

Frau Tamer verlässt das Haus. Wir überlegen angestrengt, wie wir nun am besten vorgehen sollen und entschließen uns dazu, in dem Zimmer des kleinen Mädchens die Nacht zu verbringen. Dort wurde es zuletzt
gesehen. Ich setze mich, überflutet von den Eindrücken,
auf die Bettkante und lehne mich mit dem Rücken an
die Wand.

Das Zimmer ist so niedlich und liebevoll eingerichtet. Unweigerlich muss ich darüber nachdenken wie es
wäre, wenn es sich hierbei um meine Kinder handeln
würde. Wahrscheinlich würde ich so etwas nie überwin-
den können. Ich mag mir gar nicht ausmalen, was die
arme Familie alles durchlitten hat. Es muss mehr als nur
schrecklich gewesen sein. Ich glaube, das kommt tatsächlich dem nahe, was wir als Hölle auf Erden bezeichnen.

Alex setzt sich auf den Boden und macht es sich vor
dem Bett gemütlich. So kann er unentwegt den Schrank
im Auge behalten. Irgendwie macht diese Warterei
schrecklich müde und ich bin kurz davor einzuschlafen.
Plötzlich ertönt ein Quietschen, welches so laut ist, dass
es in den Ohren schmerzt. Ich schrecke auf und sehe,
dass mein Begleiter wohl auch kurz weg genickt ist, denn
er wirkt wie aus dem Tiefschlaf gerissen. Seine Hand

gleitet fließend an seinem Rücken entlang und bahnt sich den Weg unter den Pullover, wo Alex eine Waffe hervor zieht. Erschrocken erstarre ich und blicke nur noch auf die Schranktür, die immer weiter aufschwingt. Mit einem kaum hörbaren Klicken entsichert Alex seine Waffe und richtet sie direkt auf die Mitte der Tür. Ein tiefes Grollen dringt zu uns und fährt mir durch den gesamten Leib. Ich fühle mich, als wären meine Gliedmaßen eigefroren.

Plötzlich steht da etwas vor uns, das ich kaum zu beschreiben vermag. Mein Herz stolpert und rutscht mir in die Hose. Unfähig zu handeln, starre ich es ungläubig an. Alex selbst ist so erschrocken, dass er im ersten Moment vergisst es zu erschießen.

Dieses Etwas ist ein fast zwei Meter großer Kollos, hat stechend grüne Augen, welche förmlich glühen und Sabberfäden hängen ihm am Maul herab. Auf Kopf und Rücken hat es so etwas wie große Stacheln und seine Krallen sind lang und furchteinflößend. Es stößt immer wieder eine Art tiefen, dumpfen Schrei aus und man kann dabei seine großen, spitzen Zähne sehen.

Dann geht alles ganz schnell. Das Monster stürmt unerwartet auf uns beide zu und Alex schießt direkt drauf los, während wir vor Angst auf dem Bett bis zur Wand zurück weichen.

Peng, peng, peng, peng, peng. Fünf Mal sausen die Kugeln auf den Körper des Wesens zu, bis es zu Boden fällt. Wir sind vor lauter Schreck so außer Atem, dass man meinen könnte, wir wären einen Marathon gelaufen. Ich bin mit so viel Adrenalin vollgepumpt, dass mein Hirn versucht alles gleichzeitig zu verarbeiten und ins Stocken gerät. Vorsichtig lugen wir über den Rand des Bettes, um uns das Monster genauer anzusehen. Mit der Taschenlampe leuchten wir es an und begutachten es. Es hat sogar Schuppen, welche man zuvor nicht erkennen konnte. Aus seinen Wunden strömt eine grüne, zähe Flüssigkeit.

Das muss sein Blut sein. Dann, plötzlich lösen sich das Monster und die grüne Pfütze in Luft auf. Sie verschwinden vor unseren Augen. Nichts ist mehr von dem Vorfall zu sehen, nur die Patronenhülsen und die Kugeln liegen am Boden. Es dauert einige Minuten, bis der erste Schock einigermaßen verdaut ist. Alex findet als erster seine Sprache wieder.

»Komm wir müssen hier weg. Zwar ist das nächste Haus recht weit entfernt, aber die Schüsse wird man auch bis dorthin gehört haben.«

Fluchtartig und leise machen wir uns aus dem Staub und lassen beim Fortfahren vorerst die Scheinwerfer aus. Erst als es auf die nächste Straße geht, schaltet Alex sie ein.

»Monster also auch ...«, nuschelt er sich in den Bart.

»Du, wir müssen das morgen noch mal überprüfen. Wenn alles okay ist, dann kann Familie Tamer doch wieder in ihr Haus, ohne Angst haben zu müssen.«

»Ja, das ist ein guter Plan. Ich denke aber nicht, dass dieses Wesen noch einmal zurück kehren wird.«

# Alex

Der gestrige Tag und die Nacht waren surreal. Ich kann mich nicht damit anfreunden, dass es nun noch weitere Wesen zu geben scheint. Das mit den Werwölfen will schon nicht in meinen Kopf rein. Monster sind da doch noch eine ganz andere Liga.

Ich hatte als Kind immer Angst, dass sich eines unter meinem Bett versteckt und nach meinen Füßen greift, wenn ich zu nah im Dunkeln davor stehe. Ganz schnell bin ich dann los gerannt und hinein gehüpft. Soll diese Angst etwa berechtigt gewesen sein? Wo sind wir da nur hinein geraten. Am liebsten würde ich die Zeit zurück drehen, mir frei nehmen und von all dem nichts wissen. Kopfschüttelnd rücke ich meine Gedanken bei Seite und rufe Frau Tamer an. Sie wird bestimmt schon auf glühenden Kohlen sitzen.

»Frau Tamer? Alexander Stenn hier.«

»Ah hallo. Ich habe schon auf Ihren Anruf gewartet. Geht es Ihnen beiden gut? Ich habe mir Sorgen gemacht.«

»Ja, es ist alles in Ordnung. Wir haben in der Nacht Wache, in dem Zimmer Ihrer Tochter gehalten und dann tauchte das Wesen tatsächlich auf. Wir konnten es, wie es scheint, vernichten. Um ganz sicher zu gehen, dass es weg ist, würden wir gerne noch eine Nacht hier bleiben. Das war auch für uns das erste Mal. Nicht dass es sich nachher noch wieder zusammen setzen kann.«

»Und mein Tim? Ist er wieder da? Lebt er?«, fragt sie aufgeregt und mit bebender Stimme.

Mir zieht es das Herz zusammen.

»Nein, es tut mir leid. Tim ist nicht wieder aufgetaucht«, erwidere ich und meine Hand ballt sich automatisch zu einer Faust.

Mehr kann ich dazu nicht sagen, denn mir fehlen die Worte. Ich weiß nicht, wie ich sie jetzt trösten soll, doch sie scheint sich schnell zu fangen. Ich höre ein Schniefen, bevor sie weiter spricht.

»Ja, das habe ich mir schon gedacht. Dennoch vielen Dank für alles.«

Dieses Gespräch zieht mich runter, doch ich kann leider nichts an der Situation mit ihrem Sohn ändern. Jetzt gerade würde ich am liebsten etwas zerschmettern, um meine Gefühle raus zu lassen. Am Abend fahre ich zu Sue und sammle sie bei sich zu Hause ein. Auf einmal ertönt ein leises Knurren.

»Hat da vielleicht jemand Hunger?«, merke ich wie nebenbei an.

Peinlich berührt grinst Sue mir entgegen.

»Oh ja. Ich habe heute noch nichts gegessen.«

»Magst du eine Currywurst? Dann holen wir uns eine und essen sie im Haus.«

»Das ist eine super Idee.«

Wir nehmen wieder unseren Platz im Zimmer des Mädchens ein, essen unser Mitgebrachtes und warten, ob etwas geschehen wird.

»Ich denke da wird nichts mehr kommen«, sage ich gedankenverloren.

Doch genau in diesem Moment hören wir aus dem Nebenzimmer ein Poltern und dumpfe Schläge. Meine Nackenhaare stellen sich auf und wie von der Tarantel gestochen, springen wir vom Bett. Mit großen Schritten schleichen wir in das ehemalige Zimmer von Tim. Mein Blut rauscht in einem rasanten Tempo durch meine Adern, dass ich es strömen fühlen kann. All meine Sinne sind nun geschärft.

»Das kommt aus dem Schrank«, flüstert Sue ängstlich und hält sich schräg hinter mir.

Gemeinsam tasten wir uns immer näher heran, bis wir etwa zwei Meter davor zum Stehen kommen. Bei jedem der dumpfen Schläge scheint der Schrank zu wackeln.

»Was ist das?«, frage ich eher mich selbst.

Mit gezogener Waffe und angespanntem Oberkörper stehe ich vor dem Holzkorpus und sage zu Sue: »Mach den Schrank von der Seite auf und spring dann weg.«

Ich kann sehen wie ihre Finger zittern, während sie immer näher zu dem Türgriff kommt. Mit einem Mal reißt sie die Tür auf und ich bin bereit. Bereit ein weiteres Monster zur Strecke zu bringen. Mein Herz rast, als wenn es keinen Morgen gäbe. Aber alles bleibt ruhig. Nichts und niemand taucht auf. Sue öffnet verwirrt die andere Tür und leuchtet mit ihrer Taschenlampe durch den Innenraum. Doch noch immer taucht nichts auf. Lediglich das Poltern ist zu hören. Die erste Anspannung flacht wieder ab. Neugierig berühre ich mit meiner freien Hand die Rückwand und spüre jeden einzelnen, pochenden Schlag.

»Da ist etwas hinter der Rückwand, komm wir schieben den Schrank zur Seite.«

Mit vereinten Kräften schaffen wir es den schweren Kleiderschrank zu verrücken, aber da ist nicht das Geringste, nur die tapezierte Wand.

»Ich verstehe das nicht«, denke ich laut.

Unentwegt klopft es. Da wir uns keinen Rat wissen, schieben wir den Schrank wieder an seine ursprüngliche Position zurück. Sue, welche ratlos dasteht, drücke ich meine Waffe in die Hand.

»Ich trete jetzt das Holz ein, wenn ein Monster kommt, dann schießt du!«

»Aber ich kann doch gar nicht schießen«, haspelt Sue erstaunt.

Mit meinem Bein hole ich Schwung und trete genau neben die Stelle, welche pulsiert. Sue versucht die Waffe gerade zu halten und damit direkt auf das Loch zu zielen. Urplötzlich verstummt das Geräusch. Von Angst erfüllt, breche ich ein Stück der Rückwand heraus und zum Vorschein kommt ein blonder, zerzauster Haarschopf.

»Sue, schnell! Hier ist ein Kind«, rufe ich schockiert aus.

»Bitte sei am Leben. Bitte«, flehe ich immer wieder.

Gemeinsam befreien wir den schlaffen Körper aus seinem Gefängnis und legen ihn auf den Boden.

»Oh mein Gott, ist das Tim?«

Sues Stimme klingt brüchig und rau. Der Junge muss etwa neun oder zehn Jahre alt sein. Genau das Alter, in welchen auch Tim jetzt wäre. Er scheint eine Menge durchgemacht zu haben. Sein Gesicht ist ganz dreckig und er hat viele Schrammen an den sichtbaren Hautstellen. Auch muss er gehungert haben, denn er ist nur noch Haut und Knochen. Seine Haare sind ein blondes, verfilztes Gestrüpp. Sue kniet auf dem Boden und nimmt den Jungen in ihre Arme.

»Alex, gib mir eine Decke. Er ist ganz kalt.«

Während sie ihn warm einpackt, versuche ich zu ihm durch zu dringen.

»Hallo. Hallo, bist du Tim?«

Als der kleine leicht nickt, hole ich gehetzt mein Handy aus der Hosentasche und wähle die Nummer von Frau Tamer.

»Kommen Sie schnell zum Haus. Tim!«, mehr sage ich nicht, sondern lege umgehend auf.

Im nächsten Augenblick rufe ich den Rettungsdienst, denn der Kleine muss sofort in ein Krankenhaus gebracht werden.

»Sue, du hast doch eine Wasserflasche dabei. Wir müssen ihm den Mund befeuchten.«

»Ja, im Zimmer seiner Schwester.«

Sofort springe ich auf, um sie zu holen. Sachte gebe ich ihm ein paar Tropfen auf die Lippen. Da wir nicht wissen wie lange er nichts gegessen und getrunken hat, müssen wir vorsichtig sein. Es zerreißt mich, dieses kleine Geschöpf so vor mir liegen zu sehen. Ich bete, dass er es schaffen wird. Es kommt mir wie eine Ewigkeit vor, während wir auf den Rettungswagen und seine Eltern warten. Dann, mit einem Mal hören wir das Rufen einer Frau.

»Wo sind Sie?!«

Ich springe auf und laufe in den Flur.

»Hier oben. Kommen Sie!«

Die Eltern müssen mit ihrer Tochter Hals über Kopf losgefahren sein, denn sie haben nur ihre Schlafanzüge und Hausschuhe an. Ich deute auf das Kinderzimmer und sofort rauschen sie an mir vorbei.

Frau Tamer hat Tränen in den Augen und wirkt vollkommen abgehetzt. Herr Tamer ist kreidebleich und schaut mich, mit Luisa auf dem Arm, verwirrt an. Der Anblick ihres kleinen Lieblings lässt alle Dämme bei den Eltern brechen. Schluchzend vor Trauer, ihn in so einem erbärmlichen Zustand sehen zu müssen und vor Freude, weil sie ihn endlich wieder in ihre Arme schließen kann, schmeißt sich Frau Tamer neben ihn zu Boden. Sie überhäuft ihn mit kleinen Küssen und auch der Vater kniet sich zu ihnen.

Immer wieder sagt er halb lachend und halb weinend: »Danke Gott. Danke, danke, danke.«

Luisa kann das alles nicht verstehen. Sie steht einfach nur da und schaut sich alles stumm an. Mein Blick fällt auf Sue und ich sehe, dass ihre Augen glasig werden. Sie hat ziemlich mit ihren Tränen zu kämpfen, aber mir geht es da nicht wirklich anders. Frau Tamer dreht sich anschließend zu Sue und mir um und man kann an ihren Augen sehen, wie dankbar sie ist, ihr geliebtes Kind wieder zu haben. Da bedarf es keinerlei Worte.

Als endlich der Krankenwagen eintrifft, unterziehen sie den Jungen schnell einer kurzen Untersuchung und bringen ihn dann direkt in das nächste Krankenhaus. Frau und Herr Tamer bedanken sich immer und immer wieder bei uns. Wir hingegen müssen nun Rede und Antwort bei der hinzugezogenen Polizei stehen und das ist gar nicht so einfach.

»Wie haben Sie das Kind gefunden? Woher wussten Sie, wo das Kind ist? Haben Sie etwa mit dem Verschwinden von einst, etwas zu tun?«

Sue kommt mir bei den Antworten zuvor.

»Ich bin eigentlich auf der Suche nach einem Haus. Irgendwann habe ich dieses hier gefunden und mich in den äußeren Schein verliebt. Als ich auf der Suche nach den Besitzern war, wurden mir Spukgeschichten erzählt. Ich habe meinen Bekannten und Frau Tamer gebeten, ob ich hier vielleicht ein oder zwei Nächte bleiben dürfte, um zu schauen, ob da etwas dran ist. Ich weiß, Geister und so ein Kram, das ist alles Humbug. Aber man soll das Glück ja nicht herausfordern. Nun ja und dann gab es hier auf einmal Klopfgeräusche. Danach haben wir die Rückwand aufgebrochen und der kleine Junge kam heraus.«

»Frau Lechter, wären Sie damit einverstanden, einen Alkohol- und Drogentest zu machen?«

»Wie bitte?!«, krächzt sie empört.

Ich stoße sie an und nicke ihr mit einem aufgesetzten Grinsen zu.

»Ja. Natürlich. Ich habe weder getrunken, noch Drogen genommen.«

Die Tests bei Sue und mir fallen natürlich negativ aus. Doch uns wird weiterhin kein Glauben geschenkt. Wir dürfen uns nur dumme Sprüche anhören.

»Meint ihr, hier wäre Narnia?«

»Alice im Wunderland habe ich auch schon lange nicht mehr besucht.«

Beschämt lassen wir diese Witze über uns ergehen. Es ist klar, dass uns niemand glauben wird, selbst mir als *Kollege* nicht. Aber nachdem unsere Alibis für die Zeit des Verschwindens, des kleinen Tim überprüft wurden, dürfen wir gehen. Vollkommen erschöpft kommen wir in den frühen Morgenstunden bei Sue an. Sie macht mir direkt einen tollen Vorschlag.

»Hey, schlaf doch bei mir auf der Couch. Du siehst so fertig aus, wie ich mich fühle. Da musst du nicht noch weiter durch die Gegend fahren.«

Dankend nehme ich ihr Angebot an, denn ich bin wirklich platt. Mit einem Mal gehen mir die letzten Tage durch den Kopf und gerade als sie mir Bettzeug auf das Sofa legt, bleibe ich an einer Erinnerung hängen.

»Sue, es tut mir leid«, sage ich beschämt.

Da sie nicht weiß wovon ich spreche, wirft sie mir einen fragenden Blick zu und runzelt die Stirn.

»Das mit der Hand gestern.«

»Schon okay, ist ja nichts passiert. Schlaf gut«, antwortet sie mir mit einem Lächeln und geht in ihr Schlafzimmer.

# Dämonische Bedrohung

# Kapitel 1

## Sue

Die letzten Tage des Jahres vergehen wie im Flug. Alex und ich haben uns für den Silvesterabend verabredet, um gemeinsam in das neue Jahr zu starten. Es soll nichts Großes werden, nur ein gemütliches Beisammensein mit ein wenig Musik und ein paar Snacks.

Seit dem schrecklichen Vorfall mit dem Werwolf, habe ich nichts mehr von meiner ehemals besten Freundin gehört. Auch wenn es mir sehr weh tut und mich extrem beschäftigt, es war mir bisher nicht danach, mich noch einmal bei ihr zu melden. Zu sehr bin ich von ihrer Reaktion enttäuscht und zu tiefst gekränkt.

Ich weiß ganz genau, dass ich an ihrer Stelle anders reagiert hätte, egal wie fantastisch sich das für mich angehört hätte. Es fühlt sich so an, als sei ich nicht mehr komplett, als wäre ein Teil von mir verloren gegangen. Aber bei ihr wieder angekrochen zu kommen, das wird mir im Traum nicht einfallen. Es wird dann eh wieder so enden, dass sie mich für verrückt hält und das muss ich mir nicht antun.

In der Silvesternacht sitzen wir ganz gemütlich bei Alex auf der beigen Couch. Aus dem Fernseher dröhnt Popmusik. Es läuft eine der vielen Silvestershows. Wir reden viel und erheitern uns gegenseitig mit Anekdoten aus unseren Berufen. Da sind Fälle bei, da kann man sich nur noch an den Kopf fassen.

Eine Geschichte von Alex ist besonders witzig. Er erzählt mir, dass er mal zu einem Einsatz gerufen wurde, bei dem sich eine betrogene Frau an ihrem Gatten rächen wollte. Sie hat ihm das gesamte Auto mit Hundekot eingeschmiert. Ich meine, ja es ist Sachbeschädigung, aber erst einmal auf diese Idee zu kommen. Unweigerlich muss ich mir das Geschehen bildlich vorstellen und ich bekomme kaum noch Luft vor Lachen.

Irgendwie schweifen unsere Gespräche immer wieder zu den noch offenen Fällen ab und wir lesen uns die Akten widerholt durch. Es ist grauenvoll. In jedem dieser Fälle steht, dass die Mütter ihre eigenen Kinder ermordet haben. Beim Lesen verkrampfen sich meine Finger um die Dokumente.

Wir entscheiden uns dafür, erst nur einen Fall konkreter zu besprechen. Es ist der, der Familie Berganden. Die Aussage von Monika Berganden lautet:

*Ich habe mein Kind nicht ertränkt.*
*Es war doch nur ein Traum.*
*Jemand hat darin Besitz von mir*
*ergriffen und dann mit meinen*
*Händen mein Kind ermordet.*
*Ich musste alles hilflos mit ansehen.*
*Können Sie sich vorstellen wie*
*sich das anfühlt, hilflos mit an-*
*sehen zu müssen, wie das eigene*
*Kind stirbt? Es war ein Monster,*

*ein Dämon. Das war nicht ich. Ich*
*habe mein Kind geliebt. Am*
*liebsten wäre ich an seiner Stelle*
*gestorben.*

Da sie anscheinend nichts an ihrer Aussage änderte, wurde sie nach der Zeit in der Untersuchungshaft und der Gerichtsverhandlung in eine geschlossene Psychiatrie, nach Essen gebracht. Der Ehemann sagte aus, dass seine Frau in den Tagen zuvor nicht sie selbst zu sein schien.

*Sie war abweisend ihm und der*
*Tochter gegenüber, wurde immer*
*wieder sehr aggressiv und sie*
*führte gelegentlich Selbstgespräche.*

Mir kommt die Idee, dass wir uns mit dem Ehemann in Verbindung setzen können, doch diese muss ich schnell verwerfen. Er ist bereits tot. Herr Berganden hat während der Verhandlung damals einen Herzinfarkt erlitten und ist wenig später im Krankenhaus verstorben.

»Vielleicht bekommen wir einen Gesprächstermin mit Frau Berganden«, meint Alex nachdenklich.

»Ich hoffe es, denn diesen Unterlagen kann man ja immer nur zur Hälfte trauen.«

Wir legen die Papiere bei Seite. Heute können wir eh nichts mehr ausrichten oder in Erfahrung bringen. Wir spielen lieber einige Spiele, machen Bleigießen und stoßen um punkt null Uhr mit einem Glas Sekt an. Zusammen schießen wir noch einige Raketen in die Luft und hoffen, dass das neue Jahr besser, als das vorherige werden wird. Zum Schluss sehen wir nach, was für Figuren aus dem gegossenen Blei entstanden sind.

Kichernd sage ich: »Deines sieht aus wie ein Krückstock, aber es könnte vom Schatten her auch ein Speer sein.«

Alex nimmt den unförmigen Haufen Blei von mir in die Hand und hält ihn vor eine Taschenlampe. Wir beide müssen schlucken. Es sieht aus wie etwas, das seine Klauen ausstreckt, um nach etwas oder jemanden zu greifen.

»Ich bekomme immer nur so komisches Zeug. Das war schon immer so«, belächle ich es dann nur und versuche mir meine dunklen Gedanken schön zu reden.

Alex hingegen bereitet es anscheinend Kopfzerbrechen.

»Was, wenn es doch zukunftsdeutend ist?«, sagt er still und leise.

Ich muss schlucken, gehe aber nicht auf seine Frage ein. Das würde nur zu unendlichen Diskussionen führen und Angst schüren, wo wir keine haben müssen. Wenn ich einmal auf dieser Fährte bin, rede ich mir alles Mögliche ein. Wir schauen noch die Fernsehsendung bis zum Ende an und danach mache ich mich gegen zwei Uhr in der Nacht auf den Heimweg. Die Fahrt allerdings wird zu einer Art Hindernislauf. Auf fast jeder Straße muss ich Slalom um die leeren, umgefallen Sektflaschen fahren. *Dass aber auch niemand seinen Dreck wieder einsammeln kann,* schießt es mir durch den Kopf und ich rege mich teilweise lautstark in meinem Wagen auf.

Endlich in meinem Heim angekommen, gehe ich schnell duschen und lege mich fix in mein Bett. Es dauert nicht sehr lange und ich schlafe tief und fest. Meine Träume quälen mich die gesamte Nacht. Immer wieder sehe ich Fetzen aus den Berichten an mir vorbei fliegen und ich beobachte eine Frau dabei, wie sie ihr Kind in der Wanne unter Wasser drückt. Ich bin heilfroh, dass ich mich in meinem Schlafzimmer wieder finde, als ich panisch meine Augen öffne.

Diesen Tag verbringe ich sehr gemütlich. Zwar räume ich ein wenig meine Wohnung auf, aber die meiste Zeit sitze ich in einer schwarzen, schlabbrigen Jogginghose auf meiner Couch und lese ein Buch, welches ich erst vor kurzem gekauft habe. In fünf Tagen wird mein Urlaub vorbei sein, da möchte ich mich so gut es geht erholen.

# Alex

Ich lasse den heutigen Tag erst einmal ruhig angehen. Nächste Woche muss ich wieder zur Arbeit, da kann ich ein wenig faulenzen gut gebrauchen. Gegen Mittag schnappe ich mir mein Handy und rufe in der Psychiatrie an, in welcher Frau Berganden untergebracht ist.

»Hallo, Stenn hier. Ich bin von der Polizei Gelsenkirchen und bräuchte einen Gesprächstermin mit der Patientin Berganden, welche bei Ihnen in Behandlung ist.«

Ich hoffe, dass mir mein Beamtenstatus ein wenig weiter helfen wird, denn ohne triftigen Grund bekommen Fremde eher keinen Besuchstermin. Ich scheine tatsächlich Glück zu haben. Die Angestellte ist offenbar noch nicht lange in diesem Beruf tätig und stellt daher keine weiteren Fragen.

»Sie müssen dann bitte Ihren Dienstausweis vorzeigen, sobald Sie hier sind.«

Der Termin ist bereits für morgen ausgemacht. Gegen Abend telefoniere ich mal wieder mit Sue. Einmal um ihr den Termin mitzuteilen und zum anderen habe ich mich schon sehr daran gewöhnt, mindestens einmal am Tag ihre Stimme zu hören.

»Hey Sue. Wir haben morgen Früh einen Termin mit Frau Berganden. Ich hole dich um halb neun ab.«

»Das ist doch Prima. Hätte nicht gedacht, dass das alles so einfach klappt.«

Wir sprechen noch fast eine ganze Stunde, bis wir uns verabschieden.

# Kapitel 2

Als wir am nächsten Tag dort ankommen, läuft das alles jedoch nicht so reibungslos ab, wie zuvor am Telefon. Wir werden von einem Arzt angesprochen, welcher sich genauestens erkundigt, was wir hier wollen.

»Aus welchen Grund suchen Sie das Gespräch mit Frau Berganden?«

Das war ja so was von klar. In meinem Hirn schießen alle möglichen Gedanken durcheinander, bis mir etwas einfällt, was ich ihm antworten kann.

»Nun, wir haben bei aktuellen Ermittlungen festgestellt, dass wir weitere Fälle haben, welche dem von Frau Berganden sehr ähneln. Wir wollen nur ausschließen, dass es sich dabei eventuell um Sektenaktivitäten handeln könnte.«

»Das kann ich mir nicht wirklich vorstellen, aber wenn es Ihnen weiter hilft. Gehen Sie aber bitte behutsam vor. Frau Berganden neigt zu Panikattacken und extremen Wutausbrüchen. Auch wenn sie nicht danach aussieht, sie hat Bärenkräfte.«

Wir folgen dem Arzt still bis zu dem Zimmer der Patientin. Sue schaut sich auf dem Flur um und wirkt betrübt. Auch mir sind dieses Triste und die erdrückende Hoffnungslosigkeit nicht entgangen. Wie schrecklich es sein muss, hier sein Dasein zu fristen. Das muss einen doch noch mehr in den Wahnsinn treiben. Wenn man nicht ganz gestört ist, wird man es hier auf jeden Fall. Der Arzt schließt die Zimmertür auf und da sitzt auch schon Frau Berganden, wie ein Häufchen Elend auf ihrem Bett. Sie blickt teilnahmslos aus ihrem kleinen, vergitterten Fenster, in den Himmel. Der Arzt verlässt den Raum.

»Ich werde die Tür verschließen, aber für alle Fälle draußen warten.«

Stumm nicke ich ihm zu. Als wir drei alleine in dem Zimmer sind, spreche ich die Zeugin zögerlich an.

»Frau Berganden? Wir kommen wegen dem Vorfall mit ihrer Tochter.«

Doch es kommt nicht die kleinste Reaktion von ihr. Nun versucht es Sue mit sanfter Stimme.

»Frau Berganden? Bitte. Wir würden Sie gerne etwas zu dem Dämon fragen, von dem Sie damals sprachen.«

Als Sue das Wort Dämon erwähnt, schwenkt sie langsam ihren Kopf zu uns herüber. Es sieht nicht so aus, als würde sie wirklich verstehen, was man ihr sagt oder sie fragt, dennoch bemerkt sie anscheinend, dass man mit ihr spricht. Sie fängt leicht an zu grinsen und flüstert immer wieder etwas vor sich hin.

»Dämon. So schön im Winter. Ich sehe immer den Baum.«

Mir jagt ein kalter Schauer über den Rücken. Sue versucht es erneut, doch auch diesmal kommt kein wirklich klarer Satz dabei rum.

»Ja Dämonen sind lustig. Sie besuchen mich alle. Wir trinken dann Tee zusammen.«

»Sue, lass gut sein. Ich glaube nicht, dass uns das weiter bringt. Sie ist in ihrer eigenen Welt gefangen«, sage ich leise und unsicher zu meiner Freundin.

»Ja, ich denke auch. Wahrscheinlich ist sie mit Medikamenten vollgepumpt. Da werden wir keine vernünftige Aussage erwarten können. Mir tut es nur in der Seele weh, sie so zu sehen. Was, wenn es doch Dämonen gibt und sie von dieser Frau Besitz ergriffen haben?«

Auch mir geht der Gedanke von Sue durch den Kopf. Wenn es so wäre, muss Frau Berganden Höllenqualen erlitten haben. Erst zu sehen, wie etwas ihre Tochter durch ihre Hände tötet, dann der Tod ihres Mannes und letztendlich gefangen in ihren Erinnerungen. In meiner Brust zieht sich alles zusammen.

Da. Auf einmal ist da ein klarer Blick von Frau Berganden, welcher uns deuten lässt, dass sie jetzt, genau in diesem Moment, mit ihren Gedanken ganz da zu sein scheint. Wir versuchen es noch einmal und diesmal bekommen wir eine Antwort, mit der wir auch etwas anfangen können.

»Er hat drei Nächte zuvor meinen Körper eingenommen. Ich habe mit aller Macht versucht dagegen anzukämpfen ... so sehr. Aber ich habe es nicht geschafft. Er war einfach zu stark. Er hieß Deumus. Der Dämon sagte immer wieder, er brauche Kinderseelen, weil er Hunger habe.«

Kurz darauf wirkt sie auch schon wieder fern ab von dieser Welt und faselt komisches Zeugs, was keinen Zusammenhang ergibt. Sue wird unruhig und scheint von hier fort zu wollen. Ich klopfe daher an die Tür und sage, dass wir fertig sind. Prompt wird das Schloss entriegelt und wird können auf den Gang hinaus treten.

»Haben Sie all ihre Antworten bekommen?«

»Leider nicht. Dennoch vielen Dank, dass wir zu der Patientin durften.«

Vor der Klinik bricht es aus Sue heraus.

»Die arme Frau. Können wir ihr nicht irgendwie helfen? Sie hat doch gar nichts getan. Es war doch ein Dämon.«

»Sie tut mir auch leid, aber was willst du machen? Niemand wird glauben, was sie erzählt. Und um ehrlich zu sein, ich kann das auch nicht wirklich. Ich meine gut, wir haben schon Seltsames erlebt. Etwas gesehen, das es nicht geben sollte. Aber solange ich keinem Dämon begegnet bin, ist er für mich weiterhin nicht existent. Und selbst wenn es so gewesen ist und wir die Frau, wie auch immer hier raus bekommen, was glaubst du wird geschehen? So wie sie gerade ist, ist sie friedlich. Stell dir vor sie bekommt keine Medikamente mehr. Du weißt nicht wie sie reagiert. Bringt sie dann sich um oder andere? Es ist leider nicht möglich ihr zu helfen.«

Sue schnieft leise.

»Du hast ja Recht. Sie wäre wahrscheinlich eine Gefahr für sich und andere. Aber zumindest haben wir ein Puzzleteil gefunden. Wir haben nun einen Namen, welchem wir auf den Grund gehen können.«

Als ich Sue bei sich absetze, bereitet mir allerdings noch etwas Kopfzerbrechen. Dieser Fall und die anderen beiden, sie ähneln sich zu sehr. Kurzer Hand beschließe ich bei diesen beiden Frauen noch einen Termin auszumachen. Weil sie alle in der gleichen Psychiatrie sind und ich mit dem Arzt von heute telefonieren kann, bekommen wir für den nächsten Tag zwei Termine. Einen für Frau Tegelon und einen für Frau Mumme.

# Kapitel 3

## Sue

Alex hat mir gestern noch erzählt, dass wir heute zwei weitere Frauen treffen werden. Die beiden Mütter aus den anderen Berichten. Eigentlich wollten wir ja erst nur den einen Fall ansehen, aber Alex ist der Meinung, dass es zu viele Parallelen geben würde. Er hat den Wunsch die beiden ausschließen zu können. Als wir bei der Klinik ankommen, ist wieder der Arzt vom Vortag derjenige, welcher uns zu den Zimmern begleitet.

Kaum dass wir das Gebäude betreten, macht sich diese seltsame Beklommenheit in mir breit. Irgendwie fühlt sich alles dumpf an, unwirklich und beängstigend. Dieser Ort ist so von Trauer und Leid getränkt, dass es mir tatsächlich schwer fällt, auch nur ein wenig meiner positiven Art zu bewahren.

Zuerst werden wir zu Frau Tegelon geführt. Sie sitzt an einem kleinen, buchefarbenen Tisch in ihrem Zimmer. Die Wände sind gänzlich weiß und nichts ziert sie, um Farbe in das Sterile hinein zu bringen. Ihr schwarzes, kurzes Haar ist sehr zerzaust, so als hätte es schon lange keine Bürste mehr gesehen. Dennoch wirkt sie selber viel klarer, als tags zuvor Frau Berganden.

»Guten Tag. Wir haben ein paar Fragen zu dem Dämon«, flüstert Alex schon fast und fällt mit seiner Wortwahl direkt mit der Tür ins Haus.

Ruckartig wendet die Frau sich zu uns.

»Nein! Nein ich will davon nichts mehr wissen. Es gibt keine Dämonen!«, stößt sie panisch aus.

Sie kauert sich auf dem Stuhl zusammen, so als würde sie vor jemanden Schutz suchen, der sie enorm einschüchtert. Alex versteht zuerst nicht weshalb sie so reagiert, aber dann wird ihm klar, wo sie sich hier befinden. Sie redeten der Frau hier unter Garantie ein, dass es keine Dämonen gäbe. Was ja auch eigentlich so ist. Nur man kennt leider nicht deren Methoden. Nun versuche ich es mit verständnisvoller und warmer Stimme.

»Frau Tegelon. Wir glauben Ihnen. Sie sind nicht alleine mit dem, was Sie erlebt haben. Hier sind noch zwei weitere Frauen, mit denen genau das Gleiche geschehen ist. Vielleicht haben Sie diese schon einmal hier gesehen. Es sind Frau Berganden und Frau Mumme.«

Als sie diese Worte hört, scheint sie sich ein wenig zu beruhigen und ihre verkrampfte Haltung entspannt sich sichtlich. Ihr Blick verrät mir, dass sie nun bereit ist uns zumindest zuzuhören, vielleicht sogar ihr Erlebtes preis zu geben. Wir möchten auch von ihr wissen, wie es sich damals wirklich zugetragen hat. Verunsichert schaut sie uns einen Augenblick an, scheint sich dann aber dazu zu entschließen, uns ihr Vertrauen entgegen zu bringen.

»Ich kann mich noch sehr gut an alles erinnern. Es war drei Tage bevor mein kleiner Michael getötet wurde. Ich wurde aus meinem Schlaf gerissen und da war es. Ich konnte es nicht genau erkennen, aber ich merkte, wie ich nach und nach die Kontrolle über meinen Körper verlor. Immer wieder versuchte ich dagegen anzukämpfen, aber ich schaffte es nicht.«

Frau Tegelon muss eine kleine Pause einlegen, zu schmerzhaft scheinen ihre Erinnerungen zu sein. Sie hat vermutlich so viel Zeit damit verbracht all das Erlebte in eine Ecke zu schieben, weil ihr bis heute niemand Glauben schenkte, dass nun alles wie ein Kartenhaus über sie zusammenbricht. Dicke Tränen kullern über ihre Wangen und sie spricht tapfer weiter.

»Er versuchte durch mich das Vertrauen meines Sohnes zu erlangen und dann ertränkte er ihn beim Spielen im Gartenteich. Er schrie, bevor das Wesen ihn mit meinen Händen unter Wasser drückte und ich konnte fühlen, wie sehr mein kleiner Michael sich dagegen wehrte. Innerlich habe ich geschrien und gefleht, er solle mein Kind in Ruhe lassen, doch er ließ nicht locker. Erst als mein Baby sich nicht mehr rührte, konnte ich seine Genugtuung fühlen und der unendliche Hunger, den ich durch den Dämon spürte war verschwunden. Deumus war sein Name. Ich werde ihn mein Leben lang nicht vergessen. Danach verließ er meinen Körper und ich landete hier. Mein Mann ist verzogen, denn er glaubt mir natürlich auch nicht.«

Mich beschleicht wieder dieses seltsame Gefühl, hilflos der Frau gegenüberstehen zu müssen. Aber als ich höre, dass es sich hierbei wieder um den Dämon

Deumus handelte, ist mir klar, dass diese Fälle tatsächlich zusammen gehören. Weder Alex noch ich wissen, wie man einen Dämon bekämpfen oder töten kann, aber in mir setzt sich das Ziel, genau dieses zu tun. Im Anschluss gehen wir sofort zu Frau Mumme. Auch sie berichtet in etwa die gleiche Geschichte, wie die beiden Frauen zuvor. Sie hat ihre Tochter in einem See, im nahe gelegenen Park ertränkt und auch hier taucht der Name Deumus auf.

Stumm machen wir uns nach den Gesprächen auf den Heimweg. Zu Hause bei Alex angekommen, machen wir uns an die Arbeit und recherchieren unermüdlich im Internet nach einem Dämon namens Deumus. Es ist ernüchternd. Wir können nicht sehr viel über ihn herausfinden. Das Einzige was geschrieben steht, ist dass es ein Dämon ist, welcher sich von den Seelen der Menschen ernährt. Auch finden wir heraus, dass es Dämonen gibt, welche bestimmte Siegel haben.

Ausgerechnet zu dem Gesuchten gibt es keinen. Laut der Recherche würden wir jedoch eines benötigen, um ihn herbeirufen zu können. Es vergeht Stunde um Stunde und meine Augen werden immer kleiner. Irgendwie komme ich aus dem Gähnen nicht mehr heraus. Alex ist so geschafft, dass er über seine Arbeit einschläft. Irgendwann siegt die Müdigkeit auch über mich und ich schlafe gegen halb zwei in der Nacht ein. Im Traum verarbeite ich das Gelesene und Erlebte.

# Alex

Plötzlich reißt mich ein Klingeln aus meinem Schlaf.

»Welcher Idiot schellt denn mitten in der Nacht?«

Verschlafen stehe ich auf und reibe mit schmerzverzerrter Mine meinen Nacken. Anscheinend war meine Schlafposition nicht ganz so glücklich. Noch nicht ganz da, öffne ich die Tür um zu sehen, wer da so einen Terror macht. Sue bekommt von all dem nichts mit. Sie muss so übermüdet gewesen sein, dass sie komplett weg ist. Da steht eine Frau vor mir. Sie sieht sehr gepflegt aus und ihr langes, braunes Haar, fällt glatt über ihre Schultern. Dennoch wirkt sie ziemlich sonderbar, als stünde sie unter Drogen.

»Ja bitte?«, gähne ich sie förmlich an.

Die Frau antwortet mir nicht und da ich nun wieder klar sehen kann, bemerke ich noch einige andere Dinge, welche nicht normal sind. Ihre Augen sind sehr dunkel. Im ersten Moment zucke ich zusammen. Sind sie etwa schwarz? Auch scheinen ihre motorischen Fähigkeiten eingeschränkt zu sein, denn sie steht sehr wackelig da. Nun gibt sie mir mit versteinerter Mimik eine Antwort.

»Hört auf über Deumus zu recherchieren! Ansonsten wird es euch leid tun!«

Irritiert und fassungslos starre ich sie an, da scheint die Frau wieder zu sich zu kommen. Ihre Augen werden klar und sie schaut sich ängstlich um. Man merkt, dass sie panisch wird. Sie blickt mich mit weit aufgerissenen Augen an.

»Wo, wo bin ich hier? Und wie komme ich hier her?«

Da ich auch keine Antwort darauf habe und sie weiterhin nur schockiert ansehe, ergreift die Frau die Flucht. Sie rennt so schnell, dass sie fast die Treppe hinunter fällt, doch ich reagiere darauf nicht. Mit einem kräftigen Dreh an meinem Schlüssel, verschließe ich die Wohnungstür und stürze zu meiner Freundin.

»Hey Sue! Wach auf!«, schreie ich schon fast, während ich an ihrer Schulter rüttle.

»Oh Mann, ich glaube das war nicht gut hier zu schlafen. Ich kann bestimmt den ganzen Tag meinen Kopf nicht mehr bewegen«, jammert sie im Dämmerschlaf.

Ich überflute sie mit dem, was gerade passiert ist.

*War das etwa ein Dämon? War die Frau besessen? Warum wurde uns gedroht? Sind wir für sie zu gefährlich und auf der richtigen Spur?*

Wir stellen uns tausend Fragen, auf die wir keine Antworten finden können. Durch diesen Auftritt angespornt, machen wir uns prompt wieder an die Arbeit und durchforsteten weiter das Internet nach irgendetwas Brauchbarem. Um wach bleiben zu können, koche ich uns noch eine Kanne Kaffee.

Diese ganze Sache zehrt ganz schön an unseren Kräften. In den frühen Morgenstunden macht Sue sich auf den Heimweg. Sie will duschen und sich umziehen, denn sie, wie auch ich, hat ihre Kleidung mittlerweile seit vierundzwanzig Stunden an. Am späten Nachmittag haben wir alle Informationen zusammen, die wir benötigen. Es ist möglich ein Pentagramm zum Beschwören eines Dämons zu nutzen. Gleichzeitig wirkt es als Falle. Man muss nur in jede Spitze ein kleines Schälchen mit Weihwasser stellen und die Verbindungslinien mit dem geweihten Wasser nachzeichnen.

Dann kann man angeblich den gewünschten Dämon herbei rufen und er würde erscheinen, allerdings habe er dann keine feste Hülle. Das bedeutet, dass wir sofort einen Exorzismus durchführen müssen, damit wir diesen Dämon zumindest für eine gewisse Zeit in die Hölle zurück verbannen können. Wie lange dies anhält, kann niemand sagen. Es können Tage, Wochen oder Jahre sein.

Anders wäre der Fall, wenn wir eine besessene Person in den Kreis locken. Dann müssen wir direkt an dieser Person den Exorzismus durchführen. Laut Recherche ist dieses wesentlich komplizierter, denn so hätte der Dämon einen Körper, in dem er sich verankern kann. Zufrieden und erledigt gehe ich an diesem Abend in mein Bett. Wir haben schließlich am anderen Tag vor, diesen elendigen Dämon zu rufen und zu verbannen. Wir müssen nur noch einen Ort finden, an dem wir es vollziehen können. Hoffentlich klappt das auch alles so, wie es dort beschrieben steht. Wenn es für so etwas doch nur Menschen mit Erfahrungswerten geben würde.

Auch in dieser Nacht werde ich durch stetiges Geklingel geweckt. Verschlafen taumle ich zur Tür. Vor mir steht ein Mann, der sehr groß und muskulös ist. Ich bemerke sofort die tiefschwarzen Augen und will meine

Wohnungstüre wieder schließen, doch der Typ ist schon in meiner Wohnung. Er packt mich fest am Hals und schiebt mich mit aller Kraft gegen die Wand, in meinem Flur. Bei dem Aufprall spüre ich jeden einzelnen Knochen, mit dem ich gegen die harte Mauer knalle. Ich unterdrücke einen Schmerzensschrei und suche panisch nach einem Ausweg, doch ich habe weder rechts, noch links einen Gegenstand, mit dem ich den Angreifer überwältigen könnte. Daher schlage ich mit beiden Fäusten immer wieder auf meinen Angreifer ein und trete so kräftig es mir möglich ist, gegen seine Schienbeine und in die Weichteile.

Irgendwie scheint es, als spüre der Kerl nicht das Geringste. Stattdessen wird er immer wütender und zieht mich ein Stück zu sich, nur um mich erneut gegen die Wand zu schlagen. Langsam machen meine Kräfte Anstalten zu versagen und die Luft bleibt mir auch immer mehr weg. Doch der Angreifer macht nun einen folgenschweren Fehler. Er zieht mich zu sich und schleudert mich in eine andere Ecke des Raumes.

»Wir haben euch gewarnt. Deine kleine Freundin hat in genau diesem Moment auch Besuch. Mal sehen, wie lange sie noch lebt.«

Nein! Sue. Ich muss ihr helfen. Der Gedanke daran, wie sie um ihr Leben kämpft, macht mich so wütend und ich vergesse all meine Schmerzen. Ich stürme auf den Mann los, so außer mir bin ich. Immer wieder schlage ich derbe in sein Gesicht. Man kann sehen, wie die Augen anschwellen und sich die Haut über den Wangenknochen rot-lila verfärbt. An einigen Stellen platzt die Haut auf und durch die Schläge spritzt das Blut in alle Richtungen. Der Mann lacht nur, bis ich nach einem Schirm neben mir greife, den Mann zu Boden zwinge und mit dem Schirm versuche ihm die Luft abzudrücken.

Zwar ist mein Gegner körperlich stärker, aber ich kann nur an Sue denken und, dass ich sie retten muss. Genau in diesem Moment schellt mein Telefon und ich bin für den Bruchteil einer Sekunde abgelenkt. Der Angreifer hat nun die Gelegenheit und berappelt sich wieder. Er holt weit aus und schlägt mir so kräftig gegen mein Jochbein, dass mir schwarz vor Augen wird und ich zu Boden gehe. Kurz darauf komme ich unter starken Schmerzen wieder zu mir. Der Besessene scheint darauf gewartet zu haben, so dass ich auch alle weiteren Schläge mitbekomme. Kaum dass ich die Augen öffne, setzt der Mann einen Tritt in die Magengegend nach. Ich krümme mich vor Schmerzen.

Immer wieder kommt mir der letzte Satz des Mannes in den Sinn, was mir erneut Kraft verleiht. Abermals springe ich wie ein Berserker auf den Mann und reiße ihn mit mir zu Boden. Der Schirm, welcher neben mir liegt, wird wieder genutzt, um das Wesen außer Gefecht zu setzen. Ich drücke zu und auch diesmal geht mein Telefon. Allerdings lasse ich mich nun nicht mehr davon irritieren und warte so lange, bis ich mir sicher bin, dass der Mann ohnmächtig und kampfunfähig ist. Ich renne durch meine Wohnung und suche nach Kabeln oder Seilen. Irgendetwas, um ihn zu fixieren.

In der Küchenschublade finde ich Paketband und wickle die komplette Rolle um die Hände des Mannes. Für die Beine nehme ich einen Ledergürtel und ziehe ihn so fest zu, dass man ihn aufschneiden muss, um ihn wieder lösen zu können. Ich schaffe es gerade einmal, tief Luft zu holen, da vernehme ich erneut dieses schrille Klingeln meines Handys. Unter bestialischen Schmerzen schleppe ich mich zu dem Hörer.

# Kapitel 4

## Sue

Es schellt an meiner Tür. Verwirrt sehe ich auf meine Uhr. Wer kann das nur sein? Ich erwarte doch niemanden. Erstaunt werfe ich einen Blick auf mein Handy. Keine Nachricht oder verpasste Anrufe. Wenn es Alex wäre, dann hätte er sich vorab bei mir gemeldet. Aber was, wenn er sich nicht melden konnte? Ich stehe auf und öffne meine Tür nur einen kleinen Spalt weit, weil die Gegensprechanlage seit einigen Tagen nicht funktioniert.

Auf einmal wird sie mit voller Wucht aufgestoßen und eine Frau steht vor mir. Ich gerate ins Straucheln und falle zu Boden. Vor mir steht eine Fremde, die mich zornig ansieht und eine Eisenstange in den Händen hält. Als ich genauer hinschaue bemerke ich, dass sie ganz dunkle Augen hat. Genauso, wie Alex es mir zuvor beschrieb.

»Ihr habt unsere Warnung also ignoriert! Selbst schuld, jetzt werdet ihr sterben!«

Ich gerate in Panik. Mein Atem geht so schnell und stoßweise, dass mir bereits schwindlig wird. Ich zwinge mich dazu, etwas langsamer Luft zu holen, damit ich nicht hyperventiliere. Schnell sammle ich meine Gedanken und rolle mich zur Seite. Gerade noch rechtzeitig, denn die Frau holt aus und will mit der Waffe meinen Kopf zertrümmern. Immer wieder muss ich der Stange ausweichen. Plötzlich bin ich an die Küchenwand gedrängt und weiß mir nicht mehr zu helfen. Also packe ich die Eisenstange und kann sie mit viel Mühe meiner Angreiferin entreißen. Diese stürmt direkt auf mich los und greift mich mit bloßen Händen an.

Das Biest schlägt mir zwei Mal mit voller Kraft und geballter Faust ins Gesicht. Ich sacke benommen zu Boden und die Frau lässt kurz von mir ab. Sie lacht schrill und man merkt welche Freude es ihr bereitet, jemanden zu quälen. Während ich versuche aufzustehen überlege ich, wie ich mich nur verteidigen kann. Diese Frau ist einfach zu stark für mich. Nun kann ich verstehen, warum man einen Schutzkreis oder eine Falle benötigt, wenn man einen Dämon beschwören will. Ich greife mir einen der Küchenstühle, denn ich denke, dass sie so nicht ganz so dicht an mich heran kommen kann. Doch da irre ich mich.

Die besessene Frau holt aus und schlägt den gesamten Stuhl entzwei. Es ist, als würde sie einfach nur einen Ball weg schlagen. Die Frau packt mich an meinen Armen und hebt mich problemlos in die Luft. Voller Euphorie wirft sie mich durch die Küche, in meinen Flur hinein. Mit meinem frisch verheilten Arm knalle ich an die Ecke meiner Kommode und schramme mir die Narbe auf.

Auch an meiner Stirn prangen einige kleine Kratzer. Aber jetzt habe ich endlich eine Art Waffe gefunden. Unter Schmerzen hieve ich mich wieder auf und greife nach einer etwa fünfzig Zentimeter großen Vase aus Zinn, ein Andenken von meinen Großeltern, welches man mir damals in meinen Koffern verstaut hatte. Ich hole aus und presche mit all meiner Kraft und Wut auf die Frau ein. Es scheint ihr gar nichts aus zu machen und ich schlage immer wieder zu.

Das will der Dämon sich nicht gefallen lassen und wirft mit allem was er finden kann nach mir. Mein Reaktionsvermögen ist aber so gut, dass ich fast allen Dingen ausweichen kann. Einige wenige Gegenstände fallen mir auf die Füße, was sehr weh tut, weil ich nur Socken trage. Doch diesen Schmerz kann ich aushalten, denn in mir herrscht Todesangst. Wenn ich jetzt den Schmerzen nachgebe, würde ich noch in dieser Nacht durch die Hände dieser Irren sterben. Mir das immer wieder vor Augen haltend, gebe ich nicht nach.

Ich scheine sie endlich geschwächt zu haben und nach zwei weiteren Schlägen, geht die Frau zu Boden. Angespannt stupse ich sie mit dem rechten Fuß an, um zu sehen, ob sie mich nur täuschen will. Es kommt keine Reaktion. Ich renne in mein Schlafzimmer, reiße die Tür meines Kleiderschrankes auf und nehme aus der rechten Seite zwei meiner aufgerollten Gürtel hinaus.

Rasch eile ich zurück zu der Angreiferin und fessele damit ihre Hände. Da die Frau deutlich stärker als normal ist, binde ich ihr auch direkt die Arme mit ein. Mein Körper schreit nach einer kleinen Pause, doch es lässt mir keine Ruhe und ich hole einen weiteren Gürtel und ein dickes Band meines Bademantels. Sicher ist sicher und ich binde ihr auch noch die Füße und Beine zusammen. An meiner Tür schellt und klopft es plötzlich.

»Wer ist da?«, frage ich erschrocken.

In mir steigt eine neue Woge der Panik auf. Bitte lass es nicht noch mehr dieser Monster sein. Noch einmal stehe ich das nicht durch, dafür habe ich zu wenig Kraft. Doch ich habe Glück. Es ist einer meiner Nachbarn. Durch den ganzen Lärm, welchen wir bei dem Kampf verursacht haben, wurden die anderen Hausbewohner geweckt. Der andere Mieter macht sich Sorgen und will wissen, ob alles in Ordnung sei.

»Ja, ist alles okay. Mir ist ein Schrank in der Küche runter gefallen. Ein Dübel muss wohl nachgegeben haben. Ich bitte um Entschuldigung«, rufe ich abgehetzt durch die verschlossene Tür.

Da ich nichts weiter sage und auch nicht meine Tür öffne, geht der Nachbar grummelnd wieder zurück in seine Wohnung. Ich bin richtig erleichtert, als er weg ist. Verzweifelt versuche ich Alex anzurufen, doch er geht einfach nicht ran. Hoffentlich ist ihm nichts passiert. Mein Magen krampft sich bei diesem Gedanken zusammen und mein Herz überschlägt sich vor Sorge. Erst bei meinem dritten Versuch kann ich ihn erreichen.

»Ja bitte«, höre ich ihn vor Schmerzen stöhnen.

»Endlich erreiche ich dich. Hier war gerade so eine Verrückte, die ist auf mich losgegangen«, berichte ich ihm aufgebracht.

»Hier war auch die Hölle los. Ich bin froh, dass ich noch meinen Kopf auf den Schultern habe.«

Nachdem wir uns gegenseitig in kürze alles berichtet haben, sind wir allerdings ratlos, was wir mit den gefesselten Leuten machen sollen. Sie sind eindeutig besessen, aber wir können sie ja jetzt nicht so hier in unseren Wohnungen lassen.

Ich habe im Vorfeld schon einiges über den Exorzismus erforscht und auch Texte gefunden, mit denen man diesen durchführen kann. Ich schicke Alex eine Datei, in welcher die besagten Textpassagen stehen. Miteinander telefonierend, stellen wir uns vor unsere ungebetenen Gäste und lesen gemeinsam den Text vor. »Exorcizamus te, omnis immunde spiritus, omnis satanica potestas ... «

Es scheint zu wirken, denn meine Angreiferin kommt wieder zu sich. Sie beginnt sich auf dem Boden hin und her zu winden. Ununterbrochen muss ich mir Beleidigungen und Drohungen anhören. Durch den Lautsprecher bekomme ich mit, dass es bei Alex nicht anders ist. Doch wir lesen stur weiter. Die Frau wehrt sich so sehr, dass sie es auf einmal schafft, sich von ihren Fesseln zu lösen. Ich bin sprachlos und stehe vor Schock wie versteinert da.

*Nein! Ich schaffe das nicht noch einmal. Ich habe dafür keine Kraft. Das überlebe ich nicht,* geht es mir durch den Kopf. Aber es folgt kein Angriff. Die Frau rappelt sich auf und verschwindet aus der Tür.

»Sue, ist alles okay bei dir?«, unterbricht Alex seine Beschwörung.

»Sie, sie ist einfach weg gerannt«, erwidere ich perplex.

Durch das Telefon höre ich einen riesen Tumult. Alex hätte wohl nicht aufhören dürfen zu lesen. Hilflos rufe ich immer wieder seinen Namen, in der Hoffnung irgendetwas von ihm zu hören.

»Alex! Alex, bist du noch da? Alex?«

Aber die Leitung ist tot. Wie ein eingesperrtes Tier, laufe ich in meiner Wohnung auf und ab. Gerade als ich kurz davor bin vor Angst verrückt zu werden, schellt mein Handy.

»Bleib zu Hause! Ich bin gleich bei dir«, meint Alex forsch.

Angeschlagen halte ich mir meinen schmerzenden Arm, während ich weiter nervös in meiner Wohnung auf und ab laufe. Alex wohnt zwar nicht weit entfernt, aber dennoch kommt es mir wie eine Ewigkeit vor. In mir schießen alle Bilder des Erlebten durcheinander, da trifft endlich Alex ein. Als ich meine Tür öffne sehe ich, dass er sehr viel bei seinem Kampf einstecken musste. Seinen Arm hält er schützend vor den Bauch und er humpelt stark. Als ich in sein Gesicht schaue, bin ich schockiert. Er hat so ein immenses Veilchen am linken Auge, dass es schon fast ganz zu geschwollen ist. Auch ist seine Stirn übersät von Schrammen.

»Oh Gott. Komm schnell rein und setz dich. Erzähl, was ist passiert?«, sage ich, während ich mir die Hand vor den Mund halte.

Alex schleppt sich zu meiner Couch.

»Gott, ich hab bestimmt all meine Rippen mindestens zweimal gebrochen«, ächzt er.

Er hebt stöhnend seinen Pulli hoch und es ist ein überdimensionaler blauer Fleck zu sehen.

»Warte kurz«, sage ich ihm, während ich versuche meine eigenen Schmerzen so gut es geht zu unterdrücken. So schnell es mir möglich ist, taumle ich los. Ich hole eine Packung Schmerzmittel, diverse Salben und Verbandszeug, schnappe mir zwei Kühlakkus aus dem Eisfach und nehme noch zwei Geschirrtücher mit.

»Zieh deinen Pulli aus, ich will mir deine Verletzungen ansehen.«

Weil Alex sich kaum bewegen kann, helfe ich ihm dabei und gebe ihm anschließend sofort zwei der Schmerztabletten.

»Hier. Kühle dein Auge, bevor es komplett zu schwillt«, sage ich und kümmere mich danach um seine anderen Verletzungen.

Seine Rippen sehen wirklich schlimm aus. Behutsam reibe ich sie mit einer schmerzlindernden Creme ein und mache ihm einen leichten Stützverband.

»Es tut mir leid. Ich will dir nicht weh tun«, murmle ich mit fahrigen Händen.

»Nicht schlimm. Es geht ja leider nicht anders«, erwidert er.

Nachdem ich mit ihm fertig bin, werfe auch ich mir ein Schmerzmittel ein und versorge meine lädierten Stellen.

»Wer waren die beiden? Haben sie dir auch gedroht?«, möchte Alex wissen.

»Ja, haben sie. Aber wer die Frau war, keine Ahnung. Eines scheint klar zu sein, wir befinden uns auf der richtigen Spur und das passt anscheinend irgendjemand nicht in den Kram.«

»Der Irgendjemand scheint Deumus höchst persönlich zu sein.«

Nach etwa einer halben Stunde sind wir mit dem Verarzten komplett fertig. Meine Tablette scheint so langsam zu wirken. Alex kann sogar wieder fast normal atmen. Gerade als wir ein wenig zur Ruhe kommen und aneinander gelehnt halb auf meiner Couch liegen und einfach nur die Ruhe genießen, klopft es an meiner Wohnungstür. Alex springt zerknirscht auf.

»Das kann nur ein Nachbar sein, denn derjenige ist ja schon im Hausflur.«

Alex beruhigt das augenscheinlich keineswegs, denn er schaut sehr verbissen zum Eingang. Vorsichtshalber schleppt er sich mit mir gemeinsam zur Tür.

»Wer ist da?«, frage ich laut.

Doch auf eine Antwort warte ich vergebens. Ich blicke durch den Spion, kann dort aber nichts und niemanden sehen. Gerade als ich die Tür einen Spalt weit öffnen möchte, hält Alex mich im letzten Moment davon ab.

»Nicht. Wenn jemand was will, gibt er auch Antwort.«

Darin muss ich ihm Recht geben. Als nach nochmaliger Nachfrage immer noch keine Reaktion kommt, gehen wir zurück ins Wohnzimmer und setzen uns ganz leise auf das Sofa. Plötzlich gibt es einen Knall und ein lautes Krachen.

»Scheiße! Das ist der Kerl, der bei mir war«, flucht Alex geschockt.

Wir können gar nicht so schnell reagieren, wie er sich schon vor uns im Wohnzimmer aufbäumt. Ihn nicht aus den Augen lassend, erheben wir uns. Gleichzeitig versuche ich etwas in meinem Blickwinkel zu finden, womit ich mich verteidigen kann. Ohne Vorwarnung geht er auf mich los. Neben mir auf der Fensterbank steht ein schwerer Blumentopf, nach dem ich in meiner Panik greife. Noch während ich zum Schlag übergehe sehe ich, wie seine Augen wieder klar werden. Doch es ist zu spät.

Ich kann den Drall nicht mehr stoppen und der Topf trifft den Mann hart an der rechten Seite seiner Stirn. Die Haut platzt auf und sofort läuft das Blut aus der klaffenden Wunde. Der Fremde geht direkt zu Boden. Alex sieht mich sprachlos an und tastet sich vorsichtig an den Mann heran. Er stößt mit seinem linken Fuß gegen die Hüfte des Angreifers, aber er regt sich nicht. Alex überprüft den Puls des Eindringlings, während ich wie angewurzelt nur da stehe.

»Ist – ist er tot?«, höre ich mich mit bebender Stimme fragen.

Meine Augen sind weit aufgerissen und ich kann meinen Blick nicht von dem am Boden liegenden Körper abwenden.

»Ich befürchte ja.«

»Mein Gott. Wie sollen wir das bloß erklären? Wer glaubt uns das?«

Hilfesuchend schaue ich Alex an. Dieser hat direkt sein Handy in der Hand und ruft bei Mark an. Er stellt es auf Lautsprecher, damit ich mithören kann.

»Hey Kumpel. Wir haben da ein kleines Problemchen.«

»Nein! Nicht schon wieder... Wo seid ihr?«

»Bei Sue.«

»Okay. Bewegt euch nicht von der Stelle. Ich werde eben kurz meinen Kollegen los, haben eh Pause und dann komme ich rum.«

Kurz darauf trifft er auch schon bei mir ein.

Kaum dass er mein Wohnzimmer betritt, schlägt er auch schon die Hände über seinen Kopf zusammen.

»Scheiße! Leute, was macht ihr nur?!«

Mark versucht einen klaren Gedanken zu fassen und sucht nach einer Lösung.

»Mensch Leute. Das sieht verdammt schlecht für Sue aus. Sicher, deine Wohnungstür wurde eingetreten, aber es ist der zweite Tote in kurzer Zeit bei dir. Mittlerweile stehen schon die Nachbarn im Flur und dieser Mann hatte kein Motiv. Er hatte auch keine Sachen dabei, welche man für einen Einbruch benutzen würde. Die Staatsanwaltschaft würde es so erklären, dass ihr versucht hättet die Spuren zu vertuschen und nachträglich die Tür eingetreten habt. Dass es einen Kampf gab, kann man ja sehen, denn ihr und der Mann, ihr habt ganz schöne Blessuren. Ich komme leider nicht drum herum, das hier alles aufzunehmen und dich mit zu unserer Wache zu nehmen. Wir werden uns da schon etwas einfallen lassen. Alex, du verschwindest bitte von hier, denn du musst dir eine Geschichte ausdenken, was du heute gemacht hast. Ich will keine Verbindung zwischen dir und Sue haben.«

Mein Herz rast und meine Beine fühlen sich seltsam wabbelig an. So als würden sie jeden Augenblick zu den Seiten wegknicken. Prompt unterbricht Alex ihn.

»Das wäre eigentlich kein Problem, aber dieser Mann war zuvor in meiner Wohnung und er kämpfte mit mir, also sind überall meine DNA-Spuren zu finden. Und wenn ich mir eine Geschichte ausdenken würde und die sehen meine Verletzungen, dann wissen doch alle Bescheid. Die sind doch nicht blöd. Du siehst doch, wie ich aussehe.«

Mark gibt ihm Recht, das würde so nicht klappen. Also muss eine andere Geschichte her. Immer wieder schauen wir hoch, ob nicht irgendjemand der Schaulustigen in die Wohnung kommt, doch sie halten sich alle überraschenderweise zurück.

»Pass auf Alex. Wenn du befragt werden solltest, dann hast du zuvor einen privaten Boxkampf mit ihm gehabt. Ich gebe dir gleich eine Adresse, welche du dann nennen kannst. Ich kümmere mich darum, dass deine und seine DNA in die Boxhalle kommen. So und nun fahr nach Timbuktu.«

Bei dem letzten Wort schaue ich irritiert Alex an, doch dieser scheint es zu verstehen. Prompt macht er auf dem Absatz kehrt und verschwindet mit gesenktem Kopf, damit niemand der draußen Stehenden sein Gesicht erkennen kann.

»Sue, es tut mir leid. Bitte dreh dich um.«

»Bitte was?!«, stoße ich als kleinen Schrei aus.

Mein Puls rast und Tränen sammeln sich in meinen Augen. Mark legt mir Handschellen an und ruft über sein Funkgerät nach Verstärkung. Ich bin vollkommen aufgelöst, doch er spricht kaum ein Wort mit mir.

»Mark bitte. Das kann doch nicht dein Ernst sein.«

»Sue, jetzt nicht!«, würgt er mich ab.

Kurz darauf treffen seine Kollegen ein.

»Hallo. Hier gab es augenscheinlich einen Einbruch mit Gewalteinwirkung. Doch irgendetwas stört mich an der Aussage. Sie geht mit aufs Revier zu einer ausführlichen Befragung. Ich bitte euch hier zu bleiben und auf die Spusi zu warten. Ich lade sie ein und hole meinen Partner hier um die Ecke ab. Von meiner Pause habe ich ja nun eh nichts mehr.«

»Ja, geht klar«, sagen sie zu Mark.

»So und nun los«, ertönt seine Stimme griesgrämig mir gegenüber.

Als wir im Auto sitzen und einige Minuten gefahren sind, kommt mir etwas spanisch vor.

»Mark, das ist nicht der Weg zur Wache.«

Er reagiert nicht darauf und als ich sehe, dass er mich zu einem nahegelegenen Wald fährt, rutsche ich nervös, noch mit den Handschellen gefesselten Händen, auf der Rückbank hin und her.

*Wo will er mit mir hin? Was hat er vor?* Meine Hände werden schweißnass und ich zerre an den Metallbügeln, als würden sie so nachgeben. Was habe ich mir dabei nur gedacht. Lediglich meine Handgelenke tun

nun weh. Heiße, salzige Tränen laufen über meine
Wangen und schluchzend versuche ich es noch einmal.

»Mark bitte. Was wird das?«

Er schaut in den Rückspiegel und sieht mir genau in
die Augen.

»Du brauchst keine Angst zu haben, ich werde
mich um alles kümmern. Ihr müsst nur machen was ich
sage. Ich bringe dich jetzt zu Alex.«

Erleichtert atme ich aus und merke, wie einiges an
Anspannung in mir abfällt. Am Wald angekommen
verlangt Mark, dass ich ihm ins Gesicht schlage.

»Es muss realistisch rüber kommen, also bitte einmal richtig.«

Zuerst zögere ich, aber mir fällt da auch nichts Bes-
seres ein. Ich würde in Untersuchungshaft gesteckt werden und da nicht so einfach wieder raus kommen. Ich
stelle mir die Situation von meinem ersten Kampf vor
und schlage mit meiner geballten Faust zu. Ohne vorher
genau zu zielen, treffe ich sein Jochbein.

»Es tut mir leid. Es tut mir so leid. Geht es dir
gut?«, fasele ich, während ich vor meinen Augen sehe,
was ich gerade angerichtet habe.

Mark staunt nicht schlecht.

»Mann, du hast aber einen gewaltigen Wumms
hinter deinem Schlag. Ein bisschen weiter links und ich
würde nicht mehr stehen«, meint Mark, während er
sich vor Schmerz ins Gesicht fasst.

»So, nun gehst du von hier aus fünfhundert Meter
geradeaus. Nicht dem Weg folgen, sondern direkt durch
das Dickicht. Danach wendest du dich nach Links und

läufst weiter, bis du Alex siehst. Und vor allem, ruf *niemanden* an. Am besten ist es, du gibst mir dein Handy, dann kann man dich nicht orten.«

Verstört und verängstigt laufe ich los und blicke nach einigen Metern zurück. Geschockt sehe ich, dass Mark sich selbst mit meinem Handy einige Male kräftig auf den Hinterkopf schlägt. Das glaube ich nicht. Es kommt mir so vor, als würde vor meinen Augen ein schlechter Film ablaufen. Voller Furcht und Anspannung laufe ich stolpernd durch das Geäst und das Laub aus dem letzten Herbst. Es ist so kalt, dass mein Atem kleine Wölkchen bildet. Meine Nase ist durch die Kälte bestimmt schon ganz rot, denn ich spüre sie kaum noch. Ich versuche angestrengt gleichmäßige Schritte zu machen, damit ich in etwa die fünfhundert Meter abmessen kann.

Endlich treffe ich auf Alex. Ich weiß nicht, ob ich lachen oder weinen soll. So viele verschiedene Emotionen kochen in mir hoch, dass ich grinsend und mit Tränen überströmt in seine Arme falle. Er ist der einzige Halt, den ich jetzt noch habe.

»Es wird alles wieder gut. Du kommst jetzt erst einmal mit zu mir.«

»Aber die werden doch bestimmt auch bei dir nach mir suchen«, stammle ich leicht hysterisch.

Alex hält mit beiden Händen meinen Kopf, wischt mit den Daumen meine Tränen weg und sagt sanft zu mir: »Selbst, wenn sie meine Wohnung auseinander nehmen, sie würden dich nicht finden. Und solange sie nicht deine Telefonate überprüfen, finden sie keine

Verbindung zu mir. Sollten sie bei der Telefongesellschaft etwas anfordern, geht es eh erst noch durch Marks oder meine Hände. Da fällt uns schon etwas ein.«

Ich bin verwirrt. Es wirkt alles so unwirklich und dumpf. *Was hat Alex nur vor?* Doch auf eine Art ist es mir egal. Ich habe einen Menschen getötet. Einen Menschen, welcher besessen war und nichts dafür konnte. Mit einem Mal fühle ich mich so dermaßen schuldig und zugleich leer und kalt. Kaum in der Straße von Alex' Wohnung angekommen, stellt sich das nächste Problem.

»Wie soll ich unbemerkt in deine Wohnung kommen? Uns können doch Nachbarn sehen.«

»Hier, zieh das über«, meint Alex und reicht mir eine Wollmütze, sowie einen riesen Schal.

»Sicherlich bleibt ein Restrisiko, aber ich gehe davon aus, dass wir auf niemanden treffen werden«, versucht er mich zu beruhigen.

Und er behält Recht. Niemand begegnet uns, wir kommen ungesehen in seine Wohnung. Jetzt hier, an diesem kleinen Fleck der Sicherheit, übermannen mich meine Gefühle. Ich glaube unter der Last zusammen zu brechen. Es fühlt sich so an, als würde jede Empfindung mich in eine andere Richtung ziehen wollen und alle zusammen reißen mich auseinander. Ich brauche ganz dringend Nikotin. Hastig klopfe ich meine Taschen ab.

»Mist, ich habe meine Zigaretten noch zu Hause.«

Aber auch hierbei kann Alex meinen Retter spielen.

»Hier, die hast du mal bei mir vergessen.«

Er hält mir eine halbvolle Schachtel mit Zigaretten vor die Nase. Zwar raucht Alex selber nicht, aber in dieser Situation gestattet er mir, im Badezimmer meiner Sucht nachzugehen.

»Vielen Dank«, sage ich und drücke ihn.

Das tut so unwahrscheinlich gut auch wenn es wegen der Verletzungen schmerzt. Seine Nähe, die Wärme. Mich einfach nur an ihm festhalten zu können.

»So überschwänglich nur für Zigaretten? Mein lieber Scholli«, flachst er.

Leicht stupse ich an seine Schulter.

»Ach du bist doch blöd. Ich mein doch nicht die ollen Kippen.«

Alex macht uns im Schneckentempo, wegen der Schmerzen, ein paar Nudeln zum Abendessen und wir grübeln wie es nun weiter gehen soll. Während zwei Bissen spricht Alex.

»Eines ist klar, Sue darf nie wieder auftauchen. Außer die Ermittlungen ergeben, dass du von allem freigesprochen würdest.«

Mein Magen zieht sich bei dem Gedanken daran zusammen. Erst jetzt wird mir das gesamte Ausmaß der Situation bewusst. Traurigkeit überfällt mich und ich fühle mich plötzlich noch einsamer, als ich eh schon bin. Nach dem Essen lüftet Alex auch endlich das Geheimnis, warum man mich bei ihm nicht finden wird. Im Wohnzimmer stehen das Sofa und der Tisch auf einer kleinen Erhöhung, welche am Rand mit einer Lichtleiste verziert ist. Über der Couch hängt ein beleuchtetes Bild, unter dem ein vermeintlicher Kabelschacht ist.

Alex drückt etwas an dem Rahmen und schiebt das Bild bei Seite. Zum Vorschein kommt eine Art Hebel. Diesen drückt er hinunter und das Podest mit den Möbeln schwebt förmlich zur Seite. Ich bekomme vor Staunen den Mund nicht mehr zu. Da ist nun ein kleiner, niedriger Durchgang zu einem weiteren Zimmer.

»Hier wirst du die nächsten Nächte schlafen und dich verstecken, wenn etwas sein sollte.«

Der Raum war gar nicht mal so klein. Es gibt hier einen Fernseher und ein Schlafsofa. Das sollte für ein paar Tage gut gehen.

»Sag mal, wieso hast du so etwas?«, frage ich ihn ungläubig.

»Ach, das ist ganz einfach erklärt. Ich wollte als Kind immer ein Geheimversteck haben. Jetzt als Erwachsener konnte ich mir diesen kleinen Traum ermöglichen, auch wenn ich den Raum eher selten nutze.«

# Kapitel 5

## Alex

Heute, einen Tag später, machen Mark und ich uns heimlich während unserer Dienstzeit, auf den Weg zu Sues Wohnung. Meinen Kollegen habe ich auf ihre Fragen gesagt, dass ich in einen kleinen Faustkampf geraten bin. Ohne weiter nachzuhaken, hat man es mir abgenommen. Ich musste mich lediglich kurz auf meine Diensttauglichkeit überprüfen lassen. In der Wohnung suchen wir rasch ein paar Dinge zusammen, welche sie benötigt und ihr am Herzen liegen. Pflegemittel, ein paar Kleidungsstücke, Fotoalben, das Ersparte aus ihrem kleinen Geheimversteck und sogar ihren Laptop haben wir finden können.

»Die Kollegen scheinen zum Glück recht schlampig gearbeitet zu haben. Aber diesmal ist es vom beruflichen her echt Grenzwertig. Die haben noch nicht einmal den Laptop mitgenommen«, schnaubt Mark.

»Ja stimmt. Bei jedem anderen Fall würde ich da die Krise bekommen. Aber wir haben anscheinend Glück im Unglück.«

Je länger wir brauchen, desto nervöser wird Mark und zappelt rum.

»He, können wir uns nicht mal ein wenig mehr beeilen? Lass uns den Rest lieber nach und nach holen, sonst fällt das zu sehr auf. Du weißt doch, die Nachbarn werden schnell hellhörig, wenn man Sachen raus schleppt. Außerdem, wo sollen wir das alles unter bekommen? Ich schaue ob ich jemanden erreichen kann, der die Drecksarbeit macht. Ich kenne da so einige *Personen,* bei denen ich noch einen gut habe«, zetert er.

»Ich bin überrascht wie viel kriminelle Energie doch in meinem langjährigen Kollegen und Freund verborgen ist. Seit unserer Ausbildung hast du diese Seite von dir nie gezeigt«, erwidere ich erstaunt, aber dennoch mit einem leichten Schmunzeln.

Mark zuckt mit seinen Schultern.

»Ich habe keine Ahnung, wovon du sprichst, mein Freund.«

Wir machen uns schnell wieder auf den Weg und im Laufe des Tages bekommen wir die Meldung, dass Sue zur Fahndung ausgeschrieben ist. Auch teilt man allen Einsatzkräften mit, dass sie ab jetzt mit einem Foto über diverse Medien gesucht wird. Laut der internen Infos steht sie im dringenden Tatverdacht des Mordes. Nicht wegen der Flucht, sondern lediglich wegen der gefundenen Spuren.

Die ganze Sache bereitet mir ziemliche Magenschmerzen, denn es ist nicht ganz ungefährlich für uns beide und Mark ziehen wir auch noch mit hinein. Wobei, ich bin mir eigentlich ziemlich sicher, dass er seinen Kopf recht gut aus der Schlinge ziehen könnte, wenn es hart auf hart kommt.

In den nächsten Tagen geschieht nicht wirklich etwas. Hilflosigkeit macht sich so langsam in mir breit und Sue darf zu niemanden aus ihrer Vergangenheit Kontakt aufnehmen. Sie versteht es eigentlich recht gut, doch man merkt, dass sie mal wieder vor die Tür muss. Meine Laune kippt auch und das, obwohl ich es eigentlich nicht möchte. Ich bemerke, dass meine Tonlage immer schroffer wird. Mark hält meine Launen ziemlich gelassen aus. Mich würde mal interessieren, wie er bei alldem so entspannt bleiben kann. Als ich ihn recht patzig frage, was wir denn jetzt machen sollen, beginnt der zu lachen.

»Entspann dich. Ihr müsst einfach noch ein kleines Bisschen Geduld haben. Ich arbeite schon an einer Lösung, aber zaubern kann ich noch nicht.«

»Ja, tut mir leid. Das setzt mir im Moment einfach alles ein wenig zu. Am liebsten wäre ich nie bei ihr zu einem Einsatz gerufen worden«, stoße ich Kopfschüttelnd aus.

Mark wendet sich mir zu und mustert mich einen Augenblick.

»Dass du Scheiße laberst, weißt du aber selbst, oder?!«, und er bricht in schallendes Gelächter aus.

»Wieso labere ich Scheiße?«, meine Stirn legt sich nachdenklich in Falten und irgendwie spannen sich meine Muskeln an.

»Ach komm. Du magst die Situation an sich nicht, aber die Kleine findest du doch scharf. Und erzähl mir jetzt nichts anderes!«

Laut puste ich meinen Atem aus und grummle, während ich mit meiner Hand über mein Gesicht fahre. Er hat ja Recht.

»Sag ich doch. Sag mal, hast du dich eigentlich schon mit dem Gedanken auseinander gesetzt, von hier fort zu ziehen?«

Seine Frage versetzt mir einen Hieb in die Magengegend.

»Nein. Der Gedanke kam mir bisher nicht. Wieso?«

»Na dann freunde dich damit mal so langsam an. Man weiß nie, was alles geschehen kann. Zumindest wenn du sie nicht einfach vor die Tür setzt und sie ihrem Schicksal überlässt.«

Stumm setzen wir unsere Schicht fort, bis Mark mich dann zu Hause absetzt. Ich rede noch sehr lange mit Sue darüber und wir überlegen, wohin man ziehen könnte. Es sollte schon eine schnelle und gute Lösung sein. Sie fallen lassen käme für mich niemals in Frage. Sie ist eine gute Freundin geworden, nein, schon eher meine Familie. Die Diskussionen ziehen sich einige Stunden hin und dann habe ich einen Geistesblitz.

»Sue, ich muss noch einmal kurz weg. Ich komme gleich wieder«, überrumple ich sie.

»Wohin willst du denn?«, möchte sie perplex wissen.

Doch ich schnappe mir rasch meine Jacke und lasse sie wortlos zurück.

## Sue

Als ich aus dem Fenster blicke sehe ich noch, wie Alex sich in seinen Wagen schwingt und wie ein Irrer davon braust. In meiner Magengegend brodelt es. Wie ich es doch hasse, wenn man mich einfach so stehen lässt. Mir entweicht ein lautes Grollen. Meine Hände ballen sich kurz zu kleinen Fäusten zusammen und dann setze ich mich frustriert und gelangweilt auf die Couch. Es sind zwar erst fünf Tage, die ich nun hier bin, doch von Stunde zu Stunde wird es unerträglicher. *So muss sich ein Tier in einem Zwinger fühlen. Einsam und eingesperrt.*

Ich habe keine Ahnung wie ich mich noch großartig ablenken soll. Wie gerne würde ich einfach nur mit jemanden sprechen. Sicher, Alex ist für mich da, aber es ist immer das Gleiche. Außerdem bräuchte ich mal einen Rat einer Freundin. Die Verzweiflung in mir türmt sich weiter auf. Kann ich jemals wieder ein *normales* Leben führen? Nach etwa einer Stunde des Wartens, werden meine Augenlider immer schwerer, da höre ich auf einmal den Schlüssel im Schloss.

»Hey, ich bin wieder da. Überraschung, wir haben ein Haus.«

Fast falle ich von der Couch, so überrascht bin ich. Ich kann mich gerade noch an der Tischkante abstützen.

»Was? Wie hast du? Hä? Aber woher hast du das Geld? Ich verstehe das nicht«, stammle ich verdattert.

Sofort fühle ich mich schuldig. Ich möchte nicht, dass er sich für mich verschuldet. Als er mich anblickt, kommt er direkt zu mir rüber.

»Mach dir keine Sorgen, es ist alles okay.«

Er nimmt neben mir Platz und beginnt zu erklären.

»Ich war bei Frau Tamer. Sie wollen ja nicht mehr in das alte Haus zurückkehren und da habe ich sie gefragt, ob es zum Verkauf stehen würde. Sie macht soweit die Unterlagen fertig und sendet sie mir zu. Und wegen dem Geld, ich habe mir vor einigen Jahren einen Sparvertrag zugelegt, falls ich mal irgendwann ein Haus kaufen möchte. Von daher mach dir darüber keine Gedanken. Das deckt auf jeden Fall den Kaufpreis.«

Kurz muss ich über seine Worte nachdenken. Irgendwie komme ich mir vor, als wäre ich nicht in der Realität. Es kommt alles so überraschend und ist verdammt unwirklich.

»Das ist toll. Ich freue mich wirklich, aber meinst du es reicht aus, wenn wir hier wohnen bleiben? Also in der Nähe? Ich meine, sie werden ja nicht einfach aufhören nach mir zu suchen. Und mir behagt es nicht, dass du das alles alleine bezahlen musst. Sicher ist es für ein Haus gedacht, aber ich schätze du hast dir damals etwas anderes vorgestellt, als du es angelegt hast. Ich möchte nicht schuld sein und dir irgendetwas verpfuschen.«

Sanft drückt er mich an sich. Seine Nähe und sein Duft tun mir gut und beruhigen meine Nerven.

»Ich möchte nicht, dass du dir darüber deinen Kopf zerbrichst. Das Haus ist perfekt. Klar, die Situation ist schwierig, aber dort kennt uns niemand. Keiner wohnt direkt nebenan und die Aufteilung ist doch einfach genial. Okay, man müsste es ein wenig nach unserem Geschmack einrichten, aber ich habe mich dort wohl gefühlt. Wenn man mal das Monster im Schrank außer Acht lässt«, erklärt er und schiebt ein Grinsen hinterher.

Noch ein wenig zwiegespalten stehe ich auf.

»Gut, dann zaubere ich uns schnell eine Kleinigkeit zur Feier des Tages. Da du morgen frei hast, lass uns auf unser neues Heim anstoßen.«

Ich serviere kleine Häppchen, ein wenig Käse und schenke uns beiden einen lieblichen Rotwein ein.

»Auf unser neues Zuhause und den Start in eine neue Zukunft«, sage ich, als ich mein Glas zum Toast erhebe.

»Auf unser neues Zuhause«, bestätig Alex meine Worte.

Noch am Abend trudelt eine E-Mail ein, in der Frau Tamer uns die Unterlagen zuschickt. Dort stehen alle Daten drin, welche Alex morgen für die Bank brauchen wird.

Am folgenden Tag hat Alexander einen Termin bei seinem Finanzberater. Er ist am frühen Morgen mit einer dicken Mappe an Unterlagen losgegangen. Derweil laufe ich aufgeregt in der Wohnung auf und ab.

*Hoffentlich geht alles gut. Es muss einfach klappen.* Mit jedem weiteren Gang rumort es mehr in meinem Magen und meine Gedanken kreisen einzig nur noch darum, wie es wohl mit dem Berater läuft. Auch als Alex wieder da ist, nimmt dieses unruhige Gefühl nicht ab. Seine Mine ist ernst und es wirkt als wäre es nicht so gelaufen, wie geplant.

»Es hat nicht geklappt, oder?«, ertönt meine Stimme, welche sich bereits auf dem Weg der Resignation befindet.

Alex macht einen großen Schritt auf mich zu, hält aber dennoch seinen Blick gen Boden gerichtet. Aus heiterem Himmel reißt er seine rechte Hand nach oben und wedelt mit einem Zettel vor meiner Nase.

»Sie dürfen sich quasi als Hausbesitzerin fühlen, Fräulein Lechter.«

Ich überfliege das Schreiben und sehe, dass dort die Auszahlung beantragt wurde und man nur noch auf die Freigabe und Bereitstellung wartet.

»Das ist genial. Wie wird es weiter gehen?«

»Ich werde mich gleich mit Frau Tamer in Verbindung setzen.«

Und das macht er auch umgehend. Auch das Ehepaar hat schon einen Termin bei einem Notar ausgemacht, um alles so schnell wie möglich über die Bühne zu bringen. Sie händigen für Renovierungsarbeiten bereits am Abend die Schlüssel zu dem Haus aus. Es dauert eine Woche bis zu dem Termin und der Bezahlung. Währenddessen machen wir dort sauber und schauen, was wir an Möbel behalten wollen. Auch über die zukünftige Wandfarbe werden wir uns recht schnell einig.

Endlich habe auch ich etwas zu tun und kann mich ablenken. Mark bittet mich, dass ich meine Haarfarbe ändere und für ihn Fotos machen lasse. Alex ist so lieb und besorgt mir Blondierung aus einer Drogerie. Als ich aus unserem neuen Badezimmer komme, blickt er mich mit weit aufgerissenen Augen an.

»Ich wusste es. Das sieht scheiße aus«, entweicht es mir mit einem Seufzer und ich fühle mich unwohler denn je in meiner Haut.

»Nein. Überhaupt nicht. Ich finde das steht dir bei weitem besser, als das Schwarze. Das wirkte vorher so hart.«

»Ah und jetzt sehe ich aus, wie so eine gekünzelte Barbie«, schnaufe ich.

»Rede keinen Müll. In ein paar Tagen hast du dich daran gewöhnt.«

Achselzuckend gehe ich zu ihm.

»Dann lass uns mal Bilder machen.«

Ich muss mich dazu zwingen, kein Gesicht wie sieben Tage Regenwetter zu ziehen. Ich fühle mich so dermaßen unwohl. Das bin einfach nicht ich.

»Sue, du sollst ja nicht lachen, aber wenigstens freundlich gucken.«

Ich versuche mein Bestes und endlich ist ein Bild dabei, mit welchem Alex zufrieden ist.

Nicht ganz eine Woche dauert es, bis Mark mit meinen neuen Papieren auf der Matte steht. Ich kann es kaum erwarten, sie endlich in den Händen zu halten.

»Du heißt ab jetzt Susa Peramat für Fremde. Ich habe extra diesen Namen gewählt, damit du dich nicht gänzlich neu erfinden musst. Ich habe hier alle Unterlagen, welche du für ein neues Leben benötigst. Du darfst keinen, ich wiederhole, keinen Kontakt zu Leuten aus deiner Vergangenheit aufnehmen. Das ist ganz wichtigst. Ich habe mich auch dezent umgehört, ob es nicht noch mehr Leute wie euch gibt, die *Monster* jagen. Bisher bin ich aber noch nicht fündig geworden.«

*Ok, Susa ist jetzt nicht ganz so schrecklich. Man kann mich dann als Spitzname immer noch Sue nennen,* denke ich mir.

Da Alex bereits einen Internetanschluss für das Haus angemeldet hat, kann ich meine Nachforschungen wieder aufnehmen. Es juckt einfach in den Fingern. Doch nach einigen Berichten wird mir unwohl. Immer mehr kommt eine Beklommenheit in mir auf, die versucht durch zu brechen. Wie automatisch stehe ich auf und krame in einer Kiste mit Stiften. Ich weiß, dass ich mal einen Stift hatte, welcher im Schwarzlicht leuchtet. Hoffentlich haben Mark und Alex ihn mitgenommen, als sie meine Sachen aus der Wohnung geholt haben.

Nach einiger Zeit finde ich ihn endlich zwischen diversen anderen Stiften in einem kleinen Etui. Unter dem Teppich vor der Eingangstür, zeichne ich ein Pentagramm von innen auf den Boden. In dieses male ich noch verschiedene Sigillen, welche angeblich zusätzlichen Schutz bieten. Damit ist es aber nicht genug. Ich nehme mir noch den restlichen Boden vor, welcher von Teppichen bedeckt ist und die Stellen an den Wänden, wo Bilder hängen.

In meinen Utensilien für das Badezimmer finde ich noch etliche kleine Probeflaschen mit Duschgel. Sofort wasche ich diese aus. Alex muss sie so schnell es geht mit Weihwasser auffüllen. Als er sie am folgenden Tag mitbringt, verstecke ich alle im gesamten Haus, damit man sie im Notfall griffbereit hat. Eines jedoch werde ich immer bei mir tragen und eines soll Alex nehmen. Man kann ja nie wissen. Endlich kehrt etwas Ruhe ein und wir kommen so langsam an. Auch der Hausherr wirkt wieder ein wenig entspannter. Und das obwohl er einiges an Stress hat. Alexander verbringt viel Zeit mit mir, wenn er nicht arbeiten ist und muss seine alte Wohnung noch auf Vordermann bringen.

# Kapitel 6

Heute ist er wie so oft auf der Arbeit, als es unverhofft an der Haustür schellt. Ich bin irritiert, denn Alex kann es nicht sein. Selbst wenn er schon eher Feierabend haben sollte, hätte er einen Schlüssel und würde nicht klingeln. Wäre es Mark, hätte er sich angekündigt. Wobei auch das nicht sein kann, denn er arbeitet fast immer mit Alex zusammen. Zumindest seit ich die beiden kennen gelernt habe. Nachdenklich und vorsichtig gehe ich zur Tür und öffne sie. Völlig perplex schaue ich in das Gesicht einer fremden Frau.

»Ja bitte?«, frage ich sie, während sich meine Finger um die Türklinke verkrampfen.

Mein gesamter Körper spannt sich an.

»Hören Sie, ich muss dringend mit Ihnen reden. Es ist wichtig.«

Mir ist bei der Sache nicht sonderlich wohl und ich versuche die Dame abzuwimmeln, indem ich ihr sage, dass ich kein Interesse und keine Zeit habe. Sofort schwingt die Laune der ungebetenen Besucherin um. Ich kann sehen, wie sich ihre Stirn in Falten legt und sich dann die gesamte Mimik versteinert. Plötzlich verfärben ihre Augen sich schwarz. Die Anspannung meinerseits nimmt zu und mit einem Mal stößt die Frau mich ins Haus hinein. Damit habe ich nicht gerechnet und falle rücklings zu Boden. Mit meinem Steißbein pralle ich hart auf und mich durchfährt unmittelbar ein stechender, brennender Schmerz. Dieser lähmt mich so sehr, dass ich meinen Mund nur noch schmerzverzerrt aufreißen kann, aber kein einziger Ton entweicht. Nicht einmal der Teppich hat den Aufprall gemildert.

Ich bemerke wie diese Irre einen großen Schritt nach vorne macht, bevor ich meine Arme schützend vor mein Gesicht reiße. Mein Herz rast und hämmert von innen gegen meine Rippen. Doch nichts. Nichts geschieht. Langsam lasse ich einen Arm sinken und sehe, dass sie vor einer Art unsichtbaren Wand zu stehen scheint.

»Was soll der Scheiß?! Lass mich hier raus!«, schreit mich diese Furie an.

Mir stockt kurz der Atem, aber die Symbole scheinen Wirkung zu zeigen. Rasch stehe ich mit schmerzverzerrtem Gesicht auf und schließe schnell die Haustür. Die Frau wird mit ihren Beleidigungen und Hilferufen immer lauter. Auch wenn die nächsten Nachbarn einiges weiter weg wohnen hoffe ich, dass sie das nicht hören. Das wäre nicht wirklich gut für mich.

Was soll ich bloß machen? Alex kann ich nicht anrufen, der ist gerade bei einem Einsatz. Zumindest hat er das vorhin geschrieben. Ich beobachte sie und versuche nachzudenken, was gar nicht so einfach ist. Mein Herz rast in meiner Brust und in meinem Kopf schwirrt der Gedanke, wegzulaufen. *Das geht nicht*, rede ich mir ein. *Ich muss dagegen ankämpfen.* Verbissen greife ich in meine Hosentasche. Da habe ich das kleine Fläschchen mit dem Weihwasser. Ob das funktionieren wird? Neugierig spritze ich etwas Wasser auf sie. Prompt ertönt ein zischender Laut und ein kleines Qualmwölckchen steigt empor. So als würde das Wasser auf ihrer Haut verdunsten.

Sie stößt einen schrecklichen Schrei aus, welcher mich in Mark und Bein erzittern lässt. Sie muss höllische Schmerzen haben. Aber ich will ihr doch gar nicht wehtun. Anscheinend funktionieren geheiligte Dinge. Sofort hole ich aus dem Wohnzimmer eine kleine Bibel und ein Holzkreuz, die ich bei unserem Einzug in einem der Schränke verstaut habe.

Gerade komme ich mir ziemlich dämlich vor und ohne zu wissen was ich vorlesen soll, weil ich den gefundenen Text nicht griffbereit habe, schlage ich einfach irgendeine Seite auf. Zögerlich beginne ich laut vorzulesen. Akribisch beobachte ich die Reaktion der Frau, des Wesens. Es scheint ihr keine weiteren Schmerzen zu verursachen, so wie zuvor das geweihte Wasser. Dennoch kann man sehen, dass der Dämon versucht sich dagegen zu wehren.

Die Frau, von der er Besitz ergriffen hat, dreht wie verrückt ihren Kopf hin und her. Dabei durchfährt ihren Körper immer wieder ein Zucken, so als würde man ihm kleine Stromschläge verpassen. Plötzlich schreit sie auf.

»Hör mit deinem scheiß Gelaber auf. Wenn ich frei komme bringe ich dich um, du Dreckstück!«

Ihre Worte versuche ich zu verdrängen und lese unbeirrt weiter, denn ich scheine damit Erfolg zu haben, sonst würde sich dieses Etwas nicht so sehr aufregen. Der Dämon schreit mich erneut durch die Frau an.

»Ihr scheiß Jäger. Immer das Gleiche mit euch! Aber ich komme wieder und dann bekomme ich meine Rache!«

Wie aus heiterem Himmel stößt die Frau einen letzten, lauten Schrei aus und fällt dann mit einem dumpfen Knall zu Boden. Besorgt gehe ich etwas näher auf sie zu, doch halte noch einen gewissen Abstand.

»Hallo? Ist bei Ihnen alles in Ordnung? Hallo?«

Nach ein paar Minuten kommt die Frau wieder zu sich. Benommen blickt sie sich um, bis ihre Augen auf mir verharren. Mit leiser Stimme spricht sie zu mir.

»Vielen Dank.«

Ich unterhalte mich noch eine Weile mit ihr. Die Frau ist unsere direkte Nachbarin und heißt Susanne Meller. Ihr stelle ich mich allerdings unter meiner neuen Identität vor, als Susa Peramat. Auch wenn der Vorname so ähnlich ist, fühlt es sich seltsam an. Hoffentlich werde ich mich daran gewöhnen. Sie erklärt mir, dass der Dämon zwar Besitz von ihr ergriffen, sie aber alles mitbekommen hat.

»Woher wussten Sie, dass ich besessen war?«

»Ich habe das schon einmal erlebt, daher kannte ich die, nennen wir es Anzeichen. Ich würde aber an Ihrer Stelle mit niemanden darüber reden. Sie können sich bestimmt denken, dass es keiner glauben wird und bevor man so viel Energie in das Überzeugen steckt, lieber für sich behalten.«

»Kein Problem, ich hätte das eh nicht erzählt.«

Ich bin erleichtert. Wir können zu diesem Zeitpunkt keinerlei Aufmerksamkeit gebrauchen.

Am Abend kommt Alex mit einigen Umzugskartons zu mir in das Haus und ich berichte ihm alles ganz aufgekratzt. Meine Gefühle sind die ganze Zeit Achterbahn gefahren und ich wäre beinahe geplatzt.

»Das darf doch nicht wahr sein. Ich habe gehofft, dass nun alles ruhiger werden würde, wo wir das Haus haben und uns diese Wesen in Ruhe lassen. Und dann auch noch, wenn du ein paar Tage hier alleine bist. Ich werde meine alte Wohnung so schnell es geht leer bekommen und renovieren. Leider kann ich mir gerade keinen Urlaub dafür nehmen«, ertönt seine Stimme und er wirkt regelrecht betrübt.

»Aber das konnte doch niemand von uns wissen. Es wird bestimmt bald wieder aufhören. Mach dir keine Sorgen. Ich fühle mich hier wirklich sicher. Alles was ich an Vorkehrungen getroffen habe, scheint zu wirken. Und deine alte Wohnung musst du ja auch pünktlich fertig bekommen«, versuche ich seine Laune wieder zu heben und ihn ein wenig zu beruhigen.

»Ich hoffe, dass du Recht behalten wirst. Mein Gefühl sagt da leider etwas anderes.«

Wir essen noch gemeinsam zu Abend und plaudern eine ganze Zeit, bis Alex wieder los muss.

»Kann ich dich auch wirklich alleine hier lassen?«, fragt er mich besorgt.

Es sieht so niedlich aus, wenn er seine Stirn in Falten legt.

»Das ist schon in Ordnung. Ich werde mir gleich eine Doku anschauen und mal sehen, was ich noch mache.«

Widerwillig fährt er davon und ich schalte den Fernseher ein. Gerade als ich mir ein Glas Cola auf den Wohnzimmertisch stelle, schellt es an der Tür. *Hat Alex etwa vergessen seinen Schlüssel mitzunehmen?*

»Wer ist da?«, frage ich vorsichtshalber durch die noch verschlossene Tür.

»Hier ist Susanne.«

Meine Augenbrauen ziehen sich vor Überraschung zusammen. Hoffentlich ist nichts passiert. Eilig öffne ich ihr die Tür.

»Was ist los? Ist etwas passiert?«

»Ja, ich möchte dir gerne etwas zeigen. Komm doch mal mit«, entgegnet sie mit übertrieben lieblicher Stimme.

»Worum geht es denn?«, versuche ich nachzuhaken, denn ihr Tonfall macht mich stutzig.

Instinktiv mache ich einen Schritt rückwärts, doch das bemerkt meine Nachbarin und sie springt förmlich auf mich zu. In letzter Sekunde kann ich ihr ausweichen und Susanne liegt erneut auf dem Teppich, über der aufgemalten Falle. Auch dieses Mal verschließe ich die Wohnungstür. Man kann schließlich nicht wissen, ob es nicht doch irgendwelche Beobachter gibt. Jetzt erkenne ich auch wieder die verfärbten Augen. Doch sie sind diesmal nicht nur schwarz, sie scheinen einen orange leuchtenden Rand zu haben.

»Wer bist du und was willst du von mir?!«, ertönt meine Stimme recht aggressiv.

»Wer ich bin? Meinen Namen kennst du, aber was willst *DU* von mir?!«

»Deumus«, stoße ich perplex aus.

Der Kopf der Frau nickt mit einem frechen, breiten Grinsen.

»Ich will dich vernichten«, zische ich provozierend, ohne zuvor über meine Worte nachzudenken.

Deumus beginnt laut und schrill zu lachen. Das Blut in meinen Adern pulsiert immer schneller, doch ich versuche mir meine Angst nicht allzu sehr anmerken zu lassen. Zwecklos. Es scheint, als könnte Deumus in meinen Kopf hinein blicken. Sofort greife ich mit bebenden Händen nach dem kleinen Fläschchen Weihwasser in meiner Hosentasche. Da ertönt wieder dieses Zischen, als das Wasser den Körper der Frau trifft. Ein kurzer Aufschrei ist zu vernehmen, dann lacht der Dämon gehässig weiter.

»Glaubst du wirklich, dass du mich mit dem bisschen Wasser beeindrucken kannst?«, verhöhnt er mich.

Unbeirrt fahre ich fort. Wie bereits beim ersten Mal, lese ich die Zeilen, welche ich im Internet gefunden habe. Sie habe ich ausgedruckt und direkt vorne in eine kleine Bibel gelegt. Jedoch scheint Deumus erheblich stärker und mächtiger zu sein, denn es dauert eine gefühlte Ewigkeit, bis er endlich Reaktionen zeigt. Wie weh es mir in der Seele tut, Susanne so zu sehen. Wie sie hier vor mir am Boden liegt und ihr Körper sich vor Schmerzen krümmt und in alle Richtungen verbiegt.

Aber ich muss jetzt hart bleiben. Das ist nicht sie, die diese Schmerzen ertragen muss, sondern Deumus.

»Nein, hör auf. Bitte hör auf. Schick mich nicht wieder zurück«, fleht er mich an.

Ich hingegen lese weiter. Zeile um Zeile. Das Schreien wird so laut, dass meine Ohren zu stechen beginnen. Der Drang sie zu zuhalten wird immer stärker.

»Ich komme wieder und dann hole ich dich! Ich schlachte dich ab, wie ein kleines, dreckiges Schwein!«

Plötzlich ist es Mucksmäuschen still. Vorsichtig laufe ich um Susanne herum und beobachte sie ganz genau.

»Susanne? Bist du das?«

Ihre Augen schlagen langsam auf und sie blickt sich verwirrt um. Susanne fasst sich mit schmerzverzerrter Mine an den Kopf. Ohne ihr zu helfen warte ich darauf, dass sie aufsteht und einen Fuß aus der Falle heraus setzt. Als meine Augen genau diese Szene erblicken, greife ich ihr stützend unter die Arme und führe sie zu dem Sofa im Wohnzimmer. Ich schreibe Alex schnell eine Nachricht und gemeinsam warten wir auf ihn, um ihm alles zu berichten. Nach dem Gespräch scheint Alex froh zu sein, aber zugleich auch noch besorgter.

»Du hast einen Dämon vernichtet. Ist er auch wirklich tot oder kommt er zurück? Und vor allem, wie viele gibt es noch von denen? Ich werde schon dieses Wochenende mit hier einziehen, ich lasse dich nicht mehr alleine. Das ist zu gefährlich, denn sie scheinen jetzt von uns zu wissen und wie es aussieht haben sie es eher auf dich abgesehen.«

Dass er schon früher hier mit wohnen möchte, beruhigt mich ungemein. Das werde ich ihm allerdings nicht auf die Nase binden. Ich freue mich schon, dann bin ich nachts endlich nicht mehr alleine.

# Rache im Schlaf

# Kapitel 1

## Alex

Tage vergehen und es ist bereits Ende Januar. Wir zwei haben uns in unserem Eigenheim recht gut eingelebt. Auch hat Sue sich endlich daran gewöhnt, dass sie sich bei Fremden immer als Susa vorstellt. Des Öfteren musste ich ihr aus der Patsche helfen.

So gut wir uns auch verstehen, bringt die neue Wohngemeinschaft natürlich auch ihre Schattenseiten mit sich. Immer mal wieder ecken wir aneinander an. Dabei handelt es sich aber zum Glück stets nur um Kleinigkeiten wie zum Beispiel, wer den Müll raus trägt oder wer was zu putzen hat. Das Haus richteten wir gemeinsam nach unseren Bedürfnissen ein. Jeder hat sein eigenes, großes Schlafzimmer, welches er nach seinen Wünschen gestaltet hat. Meines ist eher schlicht gehalten und komplett weiß gestrichen.

Sue hingegen hat alles in Weiß und diversen Fliederfarben. Das ehemalige Kinderzimmer des Jungen, funktionierten wir zu einem kleinen Arbeitszimmer für uns beide um. Dort können wir unsere Nachforschungen in Ruhe durchführen. Vorsorglich haben wir ein großes Bücherregal gekauft, denn Sue geht davon aus, dass wir sehr viele Fachbücher benötigen werden, welche uns bei unserer Arbeit helfen könnten. Vor diesem Regal haben wir aber eine Wand aus Rigips gezogen, damit überraschender Besuch nicht sehen kann, wobei es sich bei den Büchern und Unterlagen handelt.

Die restlichen Räume nutzen wir gemeinsam, wie es eine normale Familie auch machen würde. Im Keller richteten wir beide uns einen geheimen Raum ein. Sue passte eine Tür dem restlichen Mauerwerk so an, dass man sie nicht von der Wand unterschieden kann. Dahinter verkleideten wir den Raum schalldicht und stellten einen Stuhl und eine Liege hinein.

Unter den Möbeln, so wie auch auf den Fesseln, welche daran befestigt sind, zeichneten und ritzten wir alle möglichen Schutzsymbole und Pentagramme ein. Hier planen wir, Dämonen auszutreiben oder gar zu verhören. Ich hätte da tatsächlich einige Fragen an diese Wesen. Ich hoffe allerdings, dass wir dieses Zeug nie benötigen werden. Sue recherchiert unermüdlich im Internet nach neuen Fällen, während ich auf der Arbeit bin. Sie hat sich da regelrecht hineingesteigert. Es ist aber auch kein Wunder. Sie hat einfach nichts anderes zu tun.

Während der Zeit, welche sie Online ist, lernt sie auch des Öfteren neue Leute kennen. Als ich heute nach meiner Freitagschicht, nach einem heftigen Dienst Heim komme, freue ich mich darauf Sue zu sehen und mir von ihren neuesten Netzfunden berichten zu lassen. Ich schließe die Haustür auf und lege meine Sachen, völlig geschafft an der Garderobe ab.

»Hallo Sue. Na wie weit bist du mit deinen Recherchen? Ist etwas Interessantes für uns dabei?«, frage ich laut, während ich in die Küche gehe, um mir einen Kaffee zu machen.

Just in diesem Moment kommt ein Mann, welcher nur noch seine Shorts trägt aus der Küche und begrüßt mich gleichgültig. Erschrocken stehe ich da und ringe nach Worten. Mein Blut gerät in Wallungen und in mir stellt sich alles auf Verteidigung ein.

»Wer sind Sie?! Und was wollen Sie in meiner Küche?! Und warum haben Sie fast nichts an?«

Prompt höre ich Gepolter und Sue kommt die Treppe hinunter geeilt.

»Stopp! Alles ist gut. Das ist Stefan«, ruft sie mir entgegen.

Ruckartig wende ich mich ihr zu und sehe, dass sie nur mit einem Morgenmantel bekleidet ist. Mein Magen krampft sich zusammen und es fühlt sich so an, als würde sie meinem Herzen einen tiefen Stich versetzen. Ich bin sauer, traurig und enttäuscht. Sicher, wir sind kein Paar und zwischen uns ist nichts, aber dennoch habe ich das Gefühl hintergangen worden zu sein. Meine Mine versteinert sich und ich versuche dieses Gefühl vor den beiden zu verbergen. Sue stellt uns leicht beschämt einander vor. Als er mir die Hand reicht, kann ich nicht mehr an mich halten.

»Erst nackt in fremden Küchen stehen und dann auch noch den Kühlschrank leer fressen. Das ist aber auch nicht so die beste Erziehung. Aber tun Sie sich keinen Zwang an, da fehlt noch ein bisschen was bei Ihnen auf den Rippen«, feixe ich.

Sue schaut mich entsetzt an und Stefan fühlt sich auf den Schlips getreten.

»Du, ich gehe jetzt lieber. Ich denke ich bin hier unerwünscht«, richtet er seine Worte an meine Mitbewohnerin.

Sue versucht ihn noch zum Bleiben zu überreden, doch all ihr Bitten hilft nicht. Sie ist stocksauer auf mich und stellt mich umgehend zur Rede.

»Was sollte das eben?! Du kannst doch nicht *meinen* Besuch vergraulen. Hier ist sonst nie jemand und dann machst du so einen Aufstand?«, keift sie mich an.

Sie scheint rasend vor Wut zu sein und noch bevor ich darauf antworten kann, verzieht Sue sich auf ihr Zimmer. Ich frage mich, was das gerade eben war und kann mich auch nach einer weiteren Stunde nicht beruhigen. In mir baut sich ein Zorn auf, welchen ich nur schwer bändigen kann. Ich versuche mich mit diversen Fernsehsendungen abzulenken. Der Arbeitstag war schon die Hölle und das war das i-Tüpfelchen.

Dieser Tag geht ohne ein weiteres, gemeinsames Gespräch zu Ende. Irgendwann schleppe ich mich hundemüde zu meinem Bett. Nachdenklich liege ich da und bekomme einfach kein Auge zu. Ich bin richtig sauer auf Sue. Ich frage mich nur, warum? Darauf finde ich einfach keine Antwort. Eigentlich bin ich froh, wenn es ihr gut geht. Bin ich etwa eifersüchtig? – Nein, das kann nicht sein.

Das Piepen meines Handys reißt mich aus meinen Gedanken. Rabiat nehme ich es vom Nachttisch und schaue, wer schon wieder etwas von mir will. Abrupt richte ich mich auf. Sue hat mir eine Nachricht gesendet.

*Hey, was habe ich dir eigentlich getan, dass du so reagiert hast? Ich dachte, ich darf nur zu meinen alten Freunden etc. keinen Kontakt mehr haben. Von neuen war nie die Rede. Und übrigens, du biegst das wieder gerade, denn ich bekomme keine Antwort mehr von ihm. Danke!*

Ich schnaufe und schlage meine Hand auf das Bett. Am liebsten würde ich ihr ja sagen, dass sie nichts getan hat, doch der letzte Satz bringt mich schon wieder auf die Palme.

*Es ist alles bestens, Sue! Gute Nacht.*

Der Schlaf konnte mein Gemüt nicht wirklich besänftigen und ich bin noch immer sehr verärgert. Spontan lade ich einige meiner Freunde ein. Jedoch lasse ich die Bekannten von der Polizei aus. Das Risiko, dass jemand Sue erkennen könnte, ist einfach zu groß.

Als ich bei meinem Frühstück sitze, erscheint auch meine Mitbewohnerin ziemlich mies gelaunt in der Küche. Bevor ich mir nun wieder einen Vortrag anhören muss, trinke ich den letzten Schluck meiner morgendlichen Koffeindosis aus, stehe auf und sage ihr etwas im Vorbeigehen.

»Mach dich für heute Abend schick, wir haben eine kleine Hauseinweihungsparty.«

Aus den Augenwinkeln sehe noch ihren erstaunten Blick, doch ich reagiere nicht darauf. Ich mache mich auf den Weg und kaufe für heute Abend alles Nötige ein.

# Sue

Bei dem Gedanken an eine Party verfliegt mein Ärger im Nu. Gut gelaunt style ich mich und suche mir eines meiner schönsten Kleider heraus. Ich habe zwar nicht sehr viele, aber ein paar sind es schon. Ich bin ja so aufgeregt, denn ich werde heute Abend niemand außer Alex kennen und das Thema mit ihm muss ich auch erst bereinigen.

Wir haben bisher nicht miteinander gesprochen. Zu gern wüsste ich was ihn geritten hat, sich so zu verhalten. Aber da Männer bekannter Weise eh nie etwas groß erklären, werde ich es wahrscheinlich nie erfahren. Der Abend rückt immer näher und ich bin endlich fertig. Ich mache mich auf die Suche nach Alex, denn ich würde gerne mit ihm sprechen, bevor die Feier beginnt.

»Alex, ich wollte ...«, doch mein Satz wird von der Türschelle unterbrochen.

Er hebt die Hand und deutet mir an, dass wir später reden können. Aufgeregt und erfreut öffnet Alex die Tür und begrüßt seine Gäste. Er stellt mich ihnen als Susa, eine weit entfernte Verwandte und Mitbewohnerin vor. Immer wieder schaut Alex auf die silberne Uhr an seinem Handgelenk, was mich sehr verwundert. Obwohl die Feier schon im vollen Gange ist, scheint er noch auf jemanden zu warten.

»Wartest du auf jemand Bestimmtes?«, frage ich neugierig, denn sein Verhalten ist sonderbar.

Lediglich ein Nicken kommt von Alex, sonst schenkt er mir weiterhin keine Beachtung. Irritiert und ein wenig vor den Kopf gestoßen, mische ich mich unter die Gäste. So viele Leute auf einmal habe ich schon seit einer gefühlten Ewigkeit nicht mehr gesehen. In mir kribbelt alles. Es tut so unglaublich gut sich endlich mit anderen austauschen zu können und mal neue Geschichten zu hören. Die letzte Zeit war für mich eher eine Tortur.

Ich befinde mich gerade in einem interessanten Gespräch, als es plötzlich an der Tür schellt. Meine Neugier lässt mich meine Unterhaltung abrupt beenden und ich stelle mich ein wenig abseits, damit ich Alex und das folgende Geschehen gut beobachten kann. Freudig öffnet er. Es ist eine Frau. Sie hat lange, schwarze und gelockte Haare. Unweigerlich mustere ich sie von Oben bis Unten. Kein Gramm hat sie zu viel auf ihren Hüften und auch sonst scheint an ihr alles perfekt.

*Wer ist diese Frau? Warum ist sie so wichtig für Alex?* Als ich nur einen Moment in die andere Richtung schaue, weil mich ausversehen jemand anrempelt, sind die beiden spurlos verschwunden. Nach etwa einer halben Stunde stellt Alex die unbekannte Schönheit auch mir vor.

»Sue, das ist Mira. Sie kenne ich schon aus meiner Schulzeit.«

Ich lächle ihr krampfhaft zu und wir unterhalten uns. Irgendwie bekomme ich zu dieser Frau keinen Draht und ich entschuldige mich, um zur Toilette zu gehen. Alex hält mich am Arm zurück und spricht gedämpft zu mir.

»Sieht sie nicht gut aus? Sie rennt mir schon eine halbe Ewigkeit hinterher und ich Esel habe bisher immer abgeblockt.«

Der Hieb hat gesessen. Meine Zähne mahlen aufeinander und ich zwinge mich zu einer einigermaßen freundlich klingenden Antwort.

»Sehr schön.«

Ich gehe weiter und versuche mir nichts anmerken zu lassen, doch es fühlt sich so an, als hätte man mir einen Schlag in den Magen versetzt. Plötzlich ist mir heiß und kalt und ich bin froh, als ich im Bad ankomme. *So ein Arsch, hätte er das nicht für sich behalten können?*, geht es mir durch den Kopf.

Frustriert hole ich mir noch ein Glas Wasser und stelle mich im Wohnzimmer in eine Ecke. Von dort aus beobachte ich das ekelhafte Geturtel von Alex und dieser ach so perfekten Mira. Das geht so lange, bis bei mir etwas aussetzt. Ohne groß über mein Handeln nachzudenken, kippe ich zuerst unbemerkt, mein Glas Wasser über die Stereoanlage. Eine Art Kratzen, gefolgt von einem lauten Knistern ist zu hören und dann verstummt die Musik. Alle Augen sind nun auf mich gerichtet.

Kleinlaut sage ich: »Tut mir leid, ich bin gestolpert.«

Alex schaut mich so böse an, dass ich meine zu frösteln. Doch das kann ich auch. Mein Blick wird starr und ich verziehe mich an den Rand des Wohnraumes. Nach und nach gehen die Gäste und ich entschuldige mich bei jedem Einzelnen, für den kleinen Zwischenfall. Die meisten sagen, dass es nicht schlimm sei und jedem hätte passieren können. Ein Bekannter von Alex grinst nur als er geht und die Partnerin eines Gastes sagt mir etwas in mein Ohr.

»Ich hätte das genauso gemacht. So etwas ist unerträglich, wenn man sich das ansehen muss. Ich wünsche dir viel Glück.«

Verdutzt schaue ich ihr noch hinterher. Die Worte werden nur langsam von meinem Gehirn verarbeitet bis es klick macht. Sie hat es gemerkt, dann bestimmt auch der Mann, der mich nur angegrinst hat. Wie peinlich. Jetzt denken alle ich würde etwas von Alex wollen. Als nur noch Mira übrig geblieben ist, verabschiedet Alex sie überschwänglich mit einer Menge an Gesäusel. Direkt als die Tür hinter ihr ins Schloss fällt, zische ich ihn an.

»Oh, musste klein Mira schon nach Hause?!«

Vor Wut stampfend, verlasse ich daraufhin den Raum, lasse Alex so stehen und gehe türknallend auf mein Zimmer.

# Kapitel 2

Es vergehen zwei ganze Tage, in denen wir nicht miteinander sprechen. Es werden lediglich Blicke ausgetauscht, welche nichts Gutes verheißen. Die eisige Kälte zwischen uns erfüllt in kürzester Zeit das gesamte Haus. Doch wenn der denkt, dass ich mich entschuldige, dann hat er sich geschnitten. Er hat doch angefangen.

Erst vergrault er mir meinen Besuch und dann setzt der mir so eine Tussi vor die Nase. Meine Gedanken ziehen weiterhin ihre Kreise und sorgen dafür, dass ich nicht runterfahren kann. Noch nicht einmal ein Stück Schokolade bringt etwas Ruhe in mich. Sobald ich an gestern denke, auch wenn ich es nicht möchte, könnte ich ihm sonst was um die Ohren hauen. Ich muss mich irgendwie ablenken. Das ist kein Zustand, den ich noch lange ertrage.

Mit einer Tasse Kaffee setze ich mich in das Arbeitszimmer und recherchiere im Internet nach aktuellen, mysteriösen Fällen. Es dauert eine ganze Zeit, bis ich endlich auf etwas Brauchbares stoße. Drei Menschen sind im Schlaf gestorben. Das an sich ist nicht ungewöhnlich, doch es waren kerngesunde Männer in den Dreißigern. Bis auf Zeitungsberichte, spuckt das Internet leider nichts aus. Genervt lege ich meinen Kopf in den Nacken.

»Jetzt muss ich doch zuerst angekrochen kommen. Das darf nicht wahr sein!«, grummle ich vor mich her, während ich mit der Hand über mein Gesicht fahre.

Griesgrämig gehe ich zu seinem Zimmer und klopfe kurz, bevor ich schon fast zeitgleich hinein platze. Alex liegt auf seinem Bett und liest gerade ein Buch.

»Habe ich gesagt, dass du reinkommen darfst?«, blafft er mich an und sein Blick lässt mich erschaudern.

Meine Schultern spannen sich an. Ich muss mich zusammen reißen, ihm nicht meine Meinung zu geigen. Scharf sauge ich die Luft ein und versuche meinen Zorn zu ignorieren.

»Ich habe etwas im Internet gefunden, allerdings sind es nur Zeitungsberichte. Könntest du bitte die Namen herausfinden und die Personen einmal überprüfen?«, ertönt meine Stimme gezwungen freundlich.

Mit hochgezogenen Augenbrauen und noch wütend gestimmt, blickt er mich an, nimmt dann aber brummig und sehr ruppig die Unterlagen an sich. Seine Augen hüpfen eilig von Zeile zu Zeile. Mit einem abweisenden Unterton antwortet er mir.

»Ja, ich schaue morgen auf der Arbeit nach.«

Der Tag geht ruhig zu Ende. Wir sprechen immer noch nicht, doch steigt die Temperatur merklich um einige Grad an.

# Alex

Gerade bei der Dienststelle angekommen, treffe ich noch vor dem Gebäude auf Mark.

»Welche Laus ist dir denn über die Leber gelaufen?«, will er belustigt wissen.

»Wieso? Ist doch alles wie immer«, brumme ich.

»Ja klar. Das sieht man dir total an. Richtig frisch und erholt, als würdest du gerade aus dem Urlaub kommen«, lacht er.

»Ach, das Wochenende war ein Drama schlechthin. Es fing schon an, als ich am Freitag nach Hause kam. Da steht so ein halbnackter Affe bei mir in der Küche, frisst sich durch den Kühlschrank und Sue steht da im Bademantel und regt sich auf, nur weil der geht. Ihm hat mein Spruch nicht gepasst. Was eine Memme! Und jetzt kommt die Krönung... Ich habe gedacht, wir machen eine kleine Party mit Freunden außerhalb der Polizei und ich habe auch Mira eingeladen. Da schüttet Sue doch tatsächlich nach einiger Zeit ihr Wasser über meine Anlage. Und ich sag dir, das war pure Absicht. Also ja, man kann es als Laus bezeichnen.«

Doch statt Zuspruch erhalte ich von meinem Kollegen nur Hohn und Spott.

»Dein Ernst? Bist du so blöd oder tust du nur so?«

»Was soll das denn bitte heißen?! Sie benimmt sich wie eine Verrückte und ich soll blöd sein? Na vielen Dank auch!«, gehe ich sofort in den Angriff über.

Mark bekommt sich vor Lachen kaum noch ein, so dass ich nur noch mit zusammengekniffenen Augen meinen Kopf schütteln kann.

»Ich bin ja mal gespannt, wann ihr beiden mir eure Beziehung verkündet«, meint er, während er die Eingangstür öffnet.

Ohne ein weiteres Wort folge ich ihm. Der hat sie doch nicht mehr alle. Sue und ich eine Beziehung. Da wandere ich lieber aus. So ein launisches Etwas, nein danke. Im Büro passe ich einen sehr ruhigen Moment ab und überprüfe die Personen aus den Fällen, welche mir meine Mitbewohnerin genannt hat. Viel erfahre ich leider nicht. Die Ermittlungen bei zwei Fällen wurden eingestellt, da man bei jedem Herzinfarkt diagnostiziert hat. Lediglich der Dritte ist noch offen und läuft unter Mord. Das Genick des Opfers wurde gebrochen.

Schnell überfliege ich alles und mache dann ein paar Fotos. Ausdrucken kann ich leider nichts, denn das wird im System gespeichert. Da diese Fälle sich alle in Köln zugetragen haben, würde es nur ungünstige Fragen aufwerfen, die ich nicht beantworten könnte.

Das alles liegt weit außerhalb meines Zuständigkeitsbereiches. Den restlichen Dienst verbringe ich mit Mark im Wagen und fahre Streife. Noch einige Male denke ich darüber nach, was er in der Früh zu mir sagte. Mit einem Kopfschütteln versuche ich diese Gedanken wieder los zu werden. Zu Dienstschluss, als alle Berichte geschrieben sind, klopft Mark mir auf die Schulter.

»Bring das mit der Kleinen bloß wieder in Ordnung. Sie ist zum einen eine tolle Frau, die sich ihre Situation nicht ausgesucht hat und sehr viel durchmachen musste und zum anderen habe ich keine Zeit Seelen-klempner für zwei zu spielen, wenn es sich um ein und dasselbe Thema handelt.«

»Wie für zwei?«, möchte ich wissen.

»Na meinst du, nur du erzählst mir deine Probleme? Sue hat niemanden außer uns. Denk mal darüber nach.«

Ich stutze kurz. Nun hat mich die Neugier gepackt.

»Aha. Was erzählt sie denn so?«

»Sorry, das was man mir erzählt, bleibt bei mir. Und wenn du weiter nachfragst, hege ich noch die Vermutung, dass du zu einer Frau mutierst. Nur die sind so neugierig.«

»Nur die Berufskrankheit«, murre ich zurück.

»Ja, klar. Dann bis morgen«, sagt Mark amüsiert und geht zu seinem Auto.

Grübelnd mache ich mich auf den Heimweg. Er hat Recht. Sie ist ganz alleine. Hat alles verloren, was sie hatte. Und ich Idiot lade meine alten Freunde zu uns ein. Dabei dachte ich eigentlich, dass sie sich recht gut unterhalten und es genossen hat, dass sie mal andere Menschen sieht. Vielleicht war ihr das auch einfach alles zu viel. Ich sollte mal darüber nachdenken, ob ich mit ihr dieses Thema anschneide. Aber nicht heute. Ich bin platt und will gleich nur noch etwas essen, duschen und dann ins Bett.

Zuhause angekommen, macht sie sich immer noch rar. Ich gehe davon aus, dass sie in ihrem Zimmer hockt, denn ich kann sie in den anderen Räumen nicht finden. Die Fotos sende ich an ihre Emailadresse und klopfe kräftig an ihre Tür. Ohne sie zu öffnen, spreche ich zu ihr.

»Hey. Ich habe dir die Sachen, die ich herausfinden konnte, per Mail geschickt. Gute Nacht.«

Kurz halte ich inne und bin dazu geneigt das Zimmer zu betreten, um nach dem Rechten zu schauen.

Doch plötzlich regt sich etwas und ich vernehme ein leises: »Danke.«

Müde und ein bisschen wehmütig lege ich mich in mein Bett. Kaum dass ich meine Augen schließe, schlafe ich auch schon ein.

# Sue

Eine Stunde warte ich noch und als ich dann keinerlei Bewegung im Haus mehr vernehme, schleiche ich mich in das Arbeitszimmer. Mark hat mir zwar dazu geraten mich mit Alex auszusprechen, aber ich habe heute absolut keine Lust dazu. Außerdem scheint er der Meinung zu sein, dass Alex und ich eifersüchtig wären. So gelacht wie bei dieser Nachricht, habe ich schon lange nicht mehr.

Ich überfliege alles und sehe, dass er mir die Namen der Opfer und allen befragten Leuten fotografiert hat. Da die Fälle noch nicht allzu lange her sind, kann ich die Personen bei den abgeschlossenen Fällen gut kontaktieren. Eine Auflistung muss her. Voller Elan schnappe ich mir Zettel und Stift, damit ich mir Fragen notieren kann, welche für mich relevant erscheinen. Danach lege auch ich mich hin und schreibe Alex noch eine Nachricht.

*Huhu. Wäre es möglich, dass Mark*
*dich zur Arbeit abholt? Ich bräuchte*
*das Auto.*

Als ich auch nach einer halben Stunde keine Antwort erhalte, lege ich mich auf die Seite und versuche zügig einzuschlafen. So kann ich ihn zur Not am Morgen noch abfangen.

Ich öffne meine Augen und schrecke auf.

»Mist verdammter!«, stoße ich aus, als ich sehe, dass wir bereits halb neun haben. Mein Vorhaben kann ich nun wohl knicken. Alex fährt weitaus früher los und er hat mir auch keine Antwort gesendet.

»Na toll. Das wird wieder ein super toller und vor allem spannender Tag, des Nichtstuns.«

Ernüchtert bereite ich mir in der Küche einen Kaffee zu. Mit der Tasse in der Hand möchte ich mich an den Tisch setzen. Doch was ist das? Auf dem kleinen Küchentisch liegt ein Zettel mit einigen geschriebenen Zeilen.

*Guten Morgen.*
*Trink deinen Kaffee heute mal*
*im Eiltempo. Ich weiß zwar nicht*
*was du vorhast, aber der Auto-*
*schlüssel liegt auf dem Wohnzimmer-*
*tisch.*
*Bis später, Alex*

Ich verschlucke mich fast an der heißen Brühe und meine Lippen verziehen sich zu einem breiten Grinsen. Während ich förmlich in das Bad renne, schlürfe ich einen großen Schluck und schreibe zeitgleich eine Nachricht.

*Dankeschön.*

Bevor ich die Nachricht versende, machen sich meine Finger selbstständig und tippen eine Zeile dazu, die ich gar nicht mit schicken will. Doch meine Finger landen schneller auf dem Senden Button, als ich reagieren kann.

*Hoffe deine Schicht ist heute nicht*
*all zu anstrengend*

Na toll. So dämlich kann auch nur ich sein. Aber egal. Ich muss mich nun sputen, denn ich fahre noch ein ganzes Weilchen. Keine zwanzig Minuten später befinde ich mich auch schon im Auto und mache mich auf zur Autobahn.

In Köln angekommen, besuche ich als erstes die engeren Freunde der beiden, angeblich an einem Herzinfarkt Verstorbenen. Ich gehe davon aus, dass diese am meisten über das Leben und die Gewohnheiten der Toten wissen. Freunden vertraut man in der Regel wesentlich mehr an, als der eigenen Familie. Ich befahre nun eine ziemlich belebte Straße und habe Schwierigkeiten einen Parkplatz zu finden. Nachdem ich einige Male hin und her gefahren bin, ereilt mich das Glück und es fährt jemand heraus.

Unter der angegebenen Adresse befindet sich ein Achtfamilienhaus. Hastig und ein wenig nervös suche ich die Schelle mit dem Namen Melter. Es dauert keine Minute und mir wird geöffnet. *Jetzt bloß nicht zittern,* denke ich, als ich ihm eine selbstgebastelte Visitenkarte unter die Nase halte, sie aber dennoch halb verdecke. Eigentlich kann man nur sehen, dass sie ein Polizeilogo trägt. Ich stelle mich jedoch nicht als Polizistin, sondern als eine unabhängige Beraterin der Polizei vor.

»Ich habe da noch einige Fragen zum Tod ihres Freundes Maximilian Tegges. Wir haben noch zwei ähnliche Fälle, so dass wir überprüfen müssen, ob es nicht eine Verbindung zwischen den drei Personen gibt.«

Verblüfft schaut mich Herr Melter an. Er zieht die Wohnungstür ein Stück weiter auf und deutet mir an, doch herein zu kommen.

»Ich dachte es war ein Herzinfarkt, aber kommen Sie doch bitte herein.«

Mich bedankend betrete ich seine Wohnung. Mein Blick wandert von einer zur nächsten Ecke der Räume. Es ist sehr aufgeräumt und sauber für einen Single-mann, das beeindruckt mich schon ein wenig. Dazu kommt noch, dass er alles sehr stilvoll eingerichtet hat.

»Schön haben Sie es hier«, kommt es wie automatisch über meine Lippen.

Der Mann bedankt sich, während er sich irritiert durch sein Haar streicht. Stille macht sich zwischen uns breit und droht die Überhand zu gewinnen. Schnell stelle ich mit selbstsicherer Stimme die ersten Fragen.

»Hatte Maximilian Tegges irgendwelche Feinde?«

Stirnrunzelnd und nachdenklich schüttelt er nach ei-nigen Sekunden seinen Kopf.

»Nein. Ich habe das schon Ihren Kollegen mitgeteilt und seither ist mir auch nichts Neues eingefallen.«

»Sagen Ihnen die Namen Andreas Gräfer oder Achim Stelge etwas?«

»Nein, noch nie gehört. Sind das die anderen To-ten?«, möchte er wissen.

Ich nicke, gehe aber nicht weiter darauf ein. Ich befrage ihn noch nach weiteren guten Freunden, Orten an denen Maximilian Tegges sich gerne aufhielt, Hobbies und was in den letzten drei Tagen vor seinem Tod geschah. Herr Melter beantwortet alles so gut er kann, auch wenn er dies bereits bei der echten Polizei gemacht hat. Froh über die Fülle an Informationen, mache ich mich direkt auf den Weg zu einem Freund des zweiten Verstorbenen. Auch hier klappt es mit der gebastelten Visitenkarte. Das verblüfft mich doch schon sehr.

*Es ist verdammt einfach sich als jemand auszugeben, den man bereitwillig in seine Wohnung lässt,* denke ich.

Erneut beginne ich mit der Befragung und erhalte Unmengen an Informationen. Doch bei dem letzten Fall zögere ich. Soll ich es wagen Staub aufzuwirbeln, oder mich mit dem zufrieden geben, was ich bereits habe? Es ist schließlich eine aktive Untersuchung und bei Mord sind alle in höchster Alarmbereitschaft.

Was ist, wenn gerade ein echter Beamter vor Ort ist? Oder wenn die Leute sich bei der Polizei nach mir erkundigen. Aber das mit dem Erkundigen muss ich auch bei den vorherigen beiden in Betracht ziehen. Menschen sind von Natur aus wissbegierig und ich habe diese Neugier durch meine Fragen geweckt.

Da ich nun schon einmal hier bin, entschließe ich mich dazu, mein Glück zu versuchen. Augen zu und durch, denke ich mir, als ich bei seinem Bruder und zugleich besten Freund, Marvin Stelge schelle. Mit ein wenig Feingefühl kann ich auch ihn befragen. Über jedes einzelne Wort von mir, denke ich im Vorfeld gut nach.

Er ist noch sehr aufgewühlt und verletzt und sagt zum Abschluss: »Ich hoffe ihr kriegt das Schwein!«

Ich nicke und entgegne ihm: »Wir versuchen alles, was uns möglich ist.«

Als ich mich mit dem Wagen von Alex auf dem Heimweg befinde, bin ich sehr froh darüber so viel herausgefunden zu haben und zugleich bin ich betrübt durch diese vielen, traurigen Gespräche, welche ich geführt habe. Bei jedem habe ich gerade heilende Wunden aufgerissen. Ich kann ihnen da komplett nachempfinden.

Und dann werde ich mir meiner eigenen Lage bewusst. Diese Leute haben eine Person verloren, ich mein gesamtes Leben. Keine Familie und meine Freunde sind nun auch alle weg. Meine Arbeit, einfach so futsch. Es überkommt mich ein Gefühl der Einsamkeit und plötzlich bin ich froh Alex zu haben.

»Und, konntest du etwas Neues erfahren?«, fragt Alex sofort, als ich zur Tür herein komme.

»Ja, jede Menge sogar. Warte kurz, ich ziehe mir eben etwas Bequemes an, dann zeige ich dir alles.«

Die Stimmung ist immer noch ein wenig angespannt und ich weiß nicht, wie ich mich ihm gegenüber verhalten soll. Der Tag heute wirft für mich ein ganz anderes Licht auf die Dinge. Bisher haben wir uns nicht ausgesprochen, sondern gingen einfach über das Geschehene mehr schlecht als recht hinweg. Mit gemütlichen Klamotten setze ich mich zu Alex auf die Couch. Sie stammt noch aus seiner alten Wohnung. Da wird mir erst bewusst, dass fast alle Möbel von ihm sind und sich nichts aus meinem alten Leben hier befindet, außer ein paar Kleinigkeiten, welche er und Mark für mich stibitzt haben. Kleinlaut beginne ich das Gespräch mit ihm.

»Du, ich muss mich bei dir entschuldigen. Ich weiß auch nicht was da mit mir los war. Ich denke, ich habe ein wenig überreagiert und das war nicht richtig von mir. Als ich heute von dem letzten Gespräch nach Hause fuhr, kam ich mir so einsam und alleine vor und ich bin wirklich froh, dass ich dich noch habe. Vielleicht habe ich bei der Party gedacht, dass man dich mir wegnehmen würde und dann war da noch die Sache mit Stefan, weswegen ich auch noch ein bisschen sauer war. Ich weiß wirklich nicht was da passiert ist. So kenne ich mich nicht.«

»Ist schon okay. Aber du bist nicht alleine. Du hast Mark und mich. Wir sind immer für dich da. Diese Sache mit den *Monstern und Wesen* wird uns immer verbinden. Wir haben so viel in der kurzen Zeit zusammen durchgemacht und erlebt, das hat unsere Freundschaft gestärkt. Außerdem habe ich mich zuvor ja auch nicht wirklich nett verhalten. Mein Tag auf der Arbeit war dermaßen beschissen, dass mir anscheinend auch eine Sicherung durchgebrannt ist. Wir vergessen jetzt einfach was passiert ist und konzentrieren uns auf die neuen Fälle.«

Ich bin erleichtert und zeige Alex meine Aufzeichnungen. Gemeinsam lesen wir alles genau durch und vergleichen die Aussagen der Personen miteinander. Alex fällt auch direkt etwas auf.

»Schau mal. Alle haben ausgesagt, dass die Opfer öfters in einer Bar waren. Vielleicht gibt es da ja einen Zusammenhang. Ich muss morgen wieder arbeiten, aber wenn du möchtest kannst du mich in der Nähe der Wache raus lassen und zu diesem Lokal fahren. Ich habe morgen Spätschicht, da bietet sich das von der Zeit an. Ich gebe dir Bescheid, wenn ich absehen kann, wann mein Feierabend ist.«

Diese Idee finde ich klasse und stimme direkt zu.

# Kapitel 3

Am nächsten Tag stehe ich erst gegen elf Uhr auf. Schließlich muss ich ein wenig vorschlafen, denn ich muss wach bleiben, bis ich Alex nachts von der Arbeit abholen kann. Den Tag über forsche ich noch im Netz, um was es sich hierbei handeln könnte. Bisher kenne ich so etwas nur aus Filmen, dass man im Schlaf oder eher gesagt im Traum ermordet werden kann.

Nachdem ich sehr viele Seiten überflogen habe, stoße ich auf einen Artikel, bei welchem eine Art Zauber beschrieben ist. Man kann sich angeblich in den Traum einer anderen Person mit Magie hinein versetzen und dort alles lenken. Laut der Beschreibung muss ein Gebräu aus diversen Kräutern hergestellt werden und davon sollen der Träumer und der blinde Passagier trinken. *Was, wenn jemand einen privaten Rachefeldzug beschlossen hat,* denke ich. Ich muss unbedingt mehr darüber erfahren, doch nicht jetzt. Zuerst lasse ich Alex in der Nähe der Wache heraus und fahre dann zu besagter Bar.

»Ich wünsche dir bei den Nachforschungen viel Glück.«

»Danke, bis später.«

Hoffentlich gerate ich gleich nicht in den Feierabendverkehr. Doch alles Beten scheint nicht zu helfen.

Es dauert nicht lange und ich stecke nach etwa fünfzehn Minuten im ersten Stau. Nachdem ich noch zwei weitere Male in einer Stockung stehen muss, erreiche ich endlich nach eineinhalb Stunden mein Ziel. Vor einem Wohnhaus halte ich an. In der unteren Etage des Gebäudes, befindet sich das sehr moderne Lokal.

Die komplette Front besteht aus Glasscheiben und man kann direkt alles sehen. Wie bei einem Schaufenster eines Modegeschäftes. Es ist sehr voll und ich weiß nicht recht, wie ich mit der Suche beginnen soll. Tief atme ich durch und öffne dann aufgeregt die Tür. Die Luft ist erfüllt mit den verschiedensten Gerüchen. Es sind diverse Parfümnoten zu erschnüffeln und auch der Duft von Kaffee und Alkohol ist sehr präsent.

Das Gefühl endlich mal wieder am normalen Leben teilnehmen zu können ist grandios. Erst jetzt merke ich, wie sehr mir der ganze Trubel fehlt. Mir ist nach trinken und tanzen, doch das geht nicht. Ich muss mich jetzt zusammen reißen. Meinen Blick lasse ich durch die Bar schweifen und entdecke ganz rechts, an der tief schwarzen Holztheke, einen freien Platz.

Ich setze mich und bestelle mir eine Cola. Es dauert nicht lange und ich werde von dem ersten Mann angesprochen. Er ist sehr groß und muskulös. Sein Haar trägt er kurz und es ist grau meliert. Vom Alter her schätze ich ihn auf Anfang vierzig. Über seinem dunkelblauen Hemd trägt er eine schwarze Weste. Da ich aber nicht hier bin, um auf Männerfang zu gehen, lehne ich ab.

»Es tut mir leid, aber ich suche eigentlich jemanden.«

Der Mann mustert mich von oben bis unten und ich weiß nicht, wie ich sein Verhalten einschätzen soll.

»Bist du von den Bullen?«, knurrt er.

Verblüfft gucke ich ihn an.

»Nein, bin ich nicht. Ich suche privat jemanden.«

Der Mann scheint kurz über meine Antwort nachzudenken, dann dreht er sich der Bar zu und hebt seine Hand. Bestimmend bestellt er zwei Whiskey auf Eis.

»So meine Hübsche, nun zu uns. Wen suchst du und warum suchst du denjenigen? Ich kann dir da sicher weiter helfen.«

Ich bin verwirrt. Mein Herz klopft wie wild in meiner Brust, denn der Typ kommt mir seltsam vor. Wieso sollte ein Gast mir mit Sicherheit weiter helfen können? Kurz darauf stellt sich der Mann mir vor.

»Ich heiße Christian Kramm. Diese Bar gehört mir und in den letzten Wochen habe ich jeden Abend hier gestanden.«

Ja gut, dann wird er mir wohl wirklich am besten helfen können. Zögerlich beginne ich zu sprechen.

»Ich bin Susa«, sage ich und krame die Bilder der Verstorbenen aus meiner Tasche hervor.

»Haben Sie diese Männer hier schon einmal gesehen?«

Christian nickt und berichtet mir, dass die drei separat voneinander recht oft hier waren. Alle drei waren hier auf Frauenfang und wurden seines Wissens nach auch fündig.

»Allerdings, was mir so im Nachhinein auffällt, es könnte ein und dieselbe Frau gewesen sein. Eigentlich waren nur der Kleidungsstil und die Frisur, wie auch die Haarlänge anders.«

Das ist der erste gute Hinweis den ich bekomme. Ich unterhalte mich noch weiter mit Herrn Kramm und es stellt sich heraus, dass die Dame auch noch mit anderen Männern in der Vergangenheit die Bar verlies.

»Drehen Sie sich jetzt nicht um, sie ist gerade zur Tür herein gekommen und geht auf die Theke zu«, flüstert er in mein Ohr.

Ungeduldig warte ich, bis die Fremde an der Theke ankommt und schaue aus den Augenwinkeln zu ihr rüber. Mein Gesprächspartner steht auf und macht sich wieder an seine Arbeit. Das verschafft mir die Möglichkeit, mich umzudrehen und mir die Frau genauer anzuschauen. Nach geraumer Zeit erhebt die Unbekannte sich und begibt sich vor die Tür, um eine zu rauchen. Das ist die Gelegenheit. So kann ich mit ihr Kontakt aufnehmen. Rasch schnappe ich mir meine kleine Tasche und gehe ihr hinterher. Vor der Tür tue ich so, als könnte ich mein Feuerzeug nicht finden. Kleinlaut bitte ich daher meine Zielperson um Hilfe. Bibbernd vor Kälte versuche ich sie in ein Gespräch zu verwickeln.

»Sind Sie öfters hier?«

Die frau nickt nur. Irgendwie muss ich mit ihr ins Gespräch kommen und daher plappere ich einfach weiter. Wenn sie es sein sollte gehe ich davon aus, dass sie sich rächen möchte. Das muss doch das perfekte Thema sein. Männer.

»Ich bin heute zum ersten Mal hier. Eigentlich habe ich ein Date, doch ich scheine wohl versetzt zu werden. Er hätte schon vor Stunden hier sein sollen. Scheiß Kerle.«

Es scheint zu fruchten. Die Frau wird hellhörig und ihr Blick mir gegenüber ein wenig sanfter. Puh, das hat ja anscheinend gut geklappt.

»Das kenne ich nur zu gut.«

Jetzt habe ich sie, das fühle ich. Um allerdings nicht nervig oder auffällig zu wirken, nicke ich ihr mit einem halbtraurigen Lächeln zu und gehe wieder zu meinem alten Platz zurück. Nun heißt es warten. Zwei weitere Stunden vergehen und nichts tut sich. Die Frau unterhält sich mit diversen Männern und schaut auch gelegentlich zu mir herüber. Doch sie kommt einfach nicht auf mich zu. Sollte ich mit meiner Taktik falsch liegen? Mitleid scheint wohl nicht bei ihr zu wirken.

Hoffentlich tut sich etwas, denn ich werde nicht ewig hier bleiben können. Frustriert schaue ich auf mein Handy damit ich weiß, wie lange ich noch Zeit habe. Bei der Gelegenheit schreibe ich Alex kurz, dass soweit alles okay bei mir ist. Nun kann er auch seinen Feierabend abschätzen und nennt mir eine ungefähre Uhrzeit.

Immer wieder beobachte ich das Verhalten der Frau, aber wirkliche Erkenntnisse bringt mir das nicht. Sie wirkt wie eine normale Frau, die auf der Suche nach dem einen Mann ist.

Kurz bevor ich die Bar verlassen will, um mich auf den Rückweg zu machen, kommt die Unbekannte auf mich zu.

»Sie sitzen ja immer noch hier und warten. Ich bin übrigens Anna.«

Anna reicht mir die Hand und ich stelle mich ihr als Karin vor. Der Barchef bekommt das mit, sagt aber nicht ein Wort. Ich bin der Meinung Anna muss weder meinen richtigen noch den falschen Namen kennen. Wir unterhalten uns und ich finde heraus, dass meine Gesprächspartnerin von ihrem Ex-Freund betrogen wurde, als sie schwanger war. Durch die Aufregung, als alles heraus kam, verlor sie ihr Kind. Ich schaue auf die Uhr und erschrecke. Mir wird heiß und kalt. In einer halben Stunde hat Alex schon Feierabend und ich sitze immer noch in Köln. Hastig stehe ich auf.

»Du, sei mir nicht böse, aber ich muss nach Hause. Ich muss meine Mutter von der Spätschicht abholen. Ich hätte sie jetzt glatt vergessen.«

Gerade als ich zur Tür möchte, stoppt Anna mich. Was ist jetzt? Bin ich aufgeflogen? Hat der Inhaber ihr ein Zeichen gegeben? Adrenalin mischt sich in mein Blut und es beginnt in meinen Ohren zu rauschen.

»Warte! Ich gebe dir meine Handynummer, dann können wir mal ein wenig quatschen.«

Mir fällt ein Stein vom Herzen. Ich habe mich nicht verraten und was noch besser ist, nun habe auch noch die Telefonnummer der potentiellen Täterin.

»Gerne«, sage ich ihr freudestrahlend.

Ich renne zum Auto und mache mich umgehend auf den Weg. Zum Glück ist die Bahn fast frei und ich kann ohne Stau durchfahren. Unterwegs schicke ich Anna noch eine Sprachnachricht, damit auch diese meine

Nummer hat. Prompt kommt eine gesprochene Antwort von ihr, in welcher sie sich für die nette Unterhaltung bedankt. Danach sende ich auch Alex noch eine kurze Sprachnachricht, dass er auf mich warten soll, weil ich mich um ein paar Minuten verspäten werde.

Kurz darauf schellt mein Handy. Es ist eine Textnachricht. *Ich kann dich jetzt leider nicht lesen*, denke ich. Es folgt sofort eine weitere Nachricht. *Auch dich kann ich jetzt nicht lesen.* Ich versuche mich selbst vor der Versuchung zu schützen, das Telefon in die Hand zu nehmen. Kurz darauf folg Nachricht um Nachricht.

*Meine Güte. So viele Bekannte habe ich doch nicht mehr. Ich kenne nur vier Leute die meine Nummer haben.* Es scheint kein Ende nehmen zu wollen und damit ich mich nicht weiter genervt fühle, drehe ich einfach die Musik auf, damit ich nichts anderes mehr hören kann.

Ich fliege förmlich über die Bahn und habe nur noch im Kopf, dass ich nicht sehr viel später ankommen möchte. Mit fünfzehn Minuten Verzug komme ich am abgemachten Treffpunkt an. Ich kann Alex schon an der Straßenecke stehen sehen.

»Es tut mir leid. Es hat sich noch etwas ergeben und ich kam nicht eher los.«

»Kein Problem, du hast ja vorher Bescheid gesagt.«

Bei dem Satz fällt mir ein, dass ich etliche Nachrichten bekommen habe. Bevor wir weiter fahren nehme ich mein Handy und schaue nach, wer was von mir möchte. Die erste ist von Alex der mir schreibt, dass das okay ist. Die anderen sind alle von dieser Anna.

*War schön dich kennen gelernt zu*
*haben –*
*Du musst mir unbedingt erzählen,*
*ob der Typ sich noch mal gemeldet hat –*
*Mache mich jetzt gleich auch auf*
*den Heimweg –*
*Melde dich kurz, wenn du wieder*
*Zuhause bist.*

Und noch einige andere mit belanglosem Inhalt. Das hätte sie mir aber auch in einer Mitteilung schicken können.

»Die Frau scheint echt seltsam zu sein. Ist das bei Frauen untereinander normal, dass die so *anhänglich* werden, wenn man sich noch nicht so gut kennt?«, möchte Alex wissen.

»Nein, eigentlich nicht. Ich würde sie jetzt als sehr, sehr einsame Frau bezeichnen, die wahrscheinlich niemanden hat.«

Kurz erzähle ich ihm alles, was ich herausfinden konnte.

»Das mit dem Baby ist hart. Vielleicht hat sie das einfach nicht verarbeiten können.«

»Ja, das denke ich auch. Aber ich frage mich, ob wir da richtig sind. Ich meine, die Männer sind im Schlaf gestorben und sie macht mir jetzt nicht den Eindruck, dass sie jemand mit übernatürlichen Kräften ist oder, dass sie der Hexerei mächtig wäre«, sage ich.

»Ah und man kann das den Leuten jetzt an der Nasenspitze ansehen?«, witzelt Alex.

Leicht stoße ich ihm mit meinem Ellenbogen an.

»Komm, lass mich fahren. Du wirkst leicht fertig und ich bin es gewohnt wenig Schlaf zu haben«, bietet er mir an, was ich auch dankend annehme.

## Alex

Kaum dass ich zwei Straßen weit gefahren bin, ist Sue auch schon eingenickt. Irgendwie schaut sie so lieb aus, wenn sie schläft. Während der Fahrt denke ich über das nach, was sie herausgefunden hat. Gegen Werwölfe zu kämpfen hört sich fantastisch an, so unwirklich, doch es ist machbar. Aber wenn diese Anna ein Mensch ist und das alles bewerkstelligt, wie soll man sie aufhalten? Der Polizei braucht man mit diesem Hokuspokus nicht zu kommen, die werden das nicht glauben. Ich kenne das nur zur Genüge aus dem Arbeitsalltag.

Sie töten... Wieso? Weil sie aus seelischem Schmerz Rache übt? Normal müsste man sie wegsperren, aber wohin und aus welchem Grund? Irgendwie hoffe ich schon förmlich, dass sie es nicht ist, sondern tatsächlich etwas Übernatürliches dahinter steckt. Ansonsten stehen wir uns einem neuen Problem gegenüber, welches wir ohne Mark nicht lösen können. Ich stelle den Wagen ab und versuche Sue zu wecken. Zwecklos. Sie ist komplett weg und scheint nichts mehr mitzubekommen.

»Okay, hier kannst du nicht bleiben«, sage ich mehr zu mir, als zu ihr, »Dann werde ich dich wohl tragen müssen.«

Sie zu tragen ist an sich kein Problem, doch sie aus dem Wagen zu hieven und dann hoch zu heben, kostet mich einiges an Kraft. Kurz gerate ich ins Straucheln und bete, dass ich jetzt nicht mit ihr hinfalle, doch dann fange ich mich wieder. Wie kann so eine kleine, zierliche Person, sich nur so verdammt schwer machen. *Nur noch drei Stufen*, sage ich mir, als ich sie die Treppe hinauf, zu ihrem Zimmer trage. Sachte lege ich Sue auf dem Bett ab. Ich ziehe nur noch schnell ihre Schuhe aus und decke sie zu, damit sie nicht friert. Einen Augenblick bleibe ich neben der schlafenden Schönheit stehen. Ich kann meine Augen einfach nicht von ihr los reißen. *Wenn doch die Umstände des Kennenlernens anders gewesen wären*, denke ich bevor ich mich hinaus schleiche. Ich setze mich noch eine geraume Zeit an den Laptop und versuche etwas über diese Anna heraus zu finden. Aber da ich nicht weiß wie sie aussieht, komme ich da nicht wirklich weiter. Es gibt zu viele Personen mit diesem Namen. Nach einer langen, vergebenen Suche, lege auch ich mich schlafen.

# Kapitel 4

## Sue

Als ich erwache bin ich verwirrt. Ich liege in meinem Bett, aber habe noch meine Sachen an. Wie bin ich hier her gekommen? Ich weiß noch, dass ich schnell gefahren bin, damit ich einigermaßen pünktlich bei der Dienststelle von Alex ankomme. Dann fällt es mir wieder ein.

Er ist gefahren. Ich muss unterwegs eingenickt sein. Und dann hat er mich hier hinauf getragen? Nun habe ich ein schlechtes Gewissen. Ich bin wahrlich keine Gazelle. Er muss doch bestimmt gekämpft haben, um mich hier her zu bekommen. Warum hat er mich nicht einfach aufgeweckt. Als ich in die Küche komme, steht schon ein dampfender Kaffee auf dem Tisch und ein Zettel liegt daneben.

*Guten Morgen.*
*Ich hoffe du hast gut geschlafen. Bin*
*eben einkaufen. Wenn du zeitig*
*aufwachen solltest und einen*
*besonderen Wunsch hast, dann schick*
*mir eine kurze Nachricht.*

Mein Gott, ist das süß von ihm. Ich wüsste schon etwas, das er mir besorgen könnte, aber ich weiß nicht ob ich ihm das schreiben soll. Doch alleine durch die Geschäfte zu laufen, habe ich auch keine Lust. Nach ein paar Minuten des Grübelns springe ich über meinen Schatten. Ich müsste bald meine Tage bekommen und brauche dringend ein paar Sachen. Mein Vorrat an Binden und Tampons ist mittlerweile aufgebraucht. Ich mache ein Foto von den Verpackungen und schreibe dazu:

*Es wäre schön, wenn du mir das mitbringen könntest. Wenn nicht, ist es auch nicht schlimm, dann hole ich die Sachen selber.*

Ich lasse ihm die Wahl. Aus Erfahrung weiß ich, dass nicht alle Männer so locker damit umgehen können. Aber was mir gerade in diesem Moment auffällt, meine Pille nähert sich dem Ende. Als Alex nach Hause kommt sehe ich, dass er mir tatsächlich die gewünschten Dinge mitgebracht hat. Mir wird seltsamer weise ganz heiß, als ich die Packungen an mich nehme. Schüchtern bedanke ich mich bei ihm. Was ist nur los mit mir? Dieses pubertäre Teenagergehabe kenne ich gar nicht von mir.

»Dankeschön.«

Alex nickt mir nur zu. Aber ich muss noch etwas ansprechen, was mein Herz zum Rasen bringt. Als hätte ich Angst er würde mich fressen oder sich über mich lustig machen.

»Du, ich müsste zu einem Arzt. Bin ich eigentlich bei einer Krankenkasse gemeldet?«

Alex sieht mich besorgt an.

»Das weiß ich gar nicht, da muss ich mit Mark sprechen. Geht es dir nicht gut? Bist du krank?«

Mit gesenktem Blick antworte ich ihm.

»Nein, nein. Mir fehlt so nichts. Aber ich bräuchte – ich bräuchte meine Pille. Die reicht nur noch für zwei Wochen.«

Kurz sieht er mich irritiert an, doch dann wird sein Blick sanft.

»Ich rufe ihn gleich an und frage, wie das mit Arztbesuchen aussieht.«

Nachdem er das geklärt hat und ich unbesorgt gehen kann, mache ich einen Termin bei einem örtlichen Gynäkologen. Ich soll sogar noch am selben Tag vorbei kommen. Alex hat heute frei und fährt mich. Mir ist diese ganze Sache ziemlich peinlich, doch das Schlimmste soll noch kommen. An der Apotheke wird mir klar, dass ich gar kein Geld habe. Ich vergesse einfach immer, dass ich kein Einkommen mehr habe. Als wir vor der Apotheke im Auto sitzen wird mir erst bewusst, dass ich ihn wieder um etwas bitten muss.

»Es tut mir so unsagbar leid, aber darf ich dich noch einmal um etwas Geld bitten?«

»Wieso tut es dir leid?«, möchte er von mir wissen und sein Blick verrät mir, dass er wirklich keine Ahnung hat.

»Nun ja. Ich liege dir auf der Tasche, du musstest das Haus alleine finanzieren und du fütterst mich die ganze Zeit durch. Alles was ich benötige bezahlst du mir. Das ist mir sehr zu wieder.«

»Nein, das muss es nicht. Du kannst nichts für deine oder besser gesagt für unsere Situation. Ich mache das gerne. Wenn ich dich nicht mögen würde, dann sähe das ganze natürlich anders aus«, sagt er mit einem Zwinkern.

»Danke. Ich werde das wieder gut machen.«

»Ach quatsch.«

Ich steige aus dem Wagen und bin weiterhin geplagt, von meinem schlechten Gewissen. Auf dem Weg in die Apotheke denke ich scharf nach. Brauche ich wirklich die Pille? So selten, wie ich Männerbekanntschaften oder eher gesagt Beziehungen habe, sollten doch auch andere Verhütungsmittel ausreichen. Als mich die nette Apothekerin anspricht, sehe ich sie überrascht an. Sie hat mich aus meinen Gedanken gerissen und wie aus dem Nichts sage ich zu ihr, dass ich doch nichts benötige und gehe wieder hinaus. Alex wundert sich, als ich ihm sein Geld zurückgebe.

»Haben sie die Sachen nicht gehabt, sollen wir noch zu einer anderen fahren?«

»Nein. Ist schon in Ordnung. Eigentlich brauche ich sie nicht.«

Mit zusammengekniffenen Augen blickt er mich an, sagt aber nichts weiter dazu. Während der Fahrt schreibe ich Anna eine Nachricht und frage sie, wie es ihr heute geht. Es entwickelt sich schnell ein Gespräch, über das ich Alex immer auf dem Laufenden halte. Mit jeder einzelnen Nachricht wird mir klarer, dass sie einen unendlichen Hass auf die Männerwelt schiebt. Sie macht ihren Ex für den Verlust ihres Kindes verantwortlich und sie hasst alle Männer, welche fremdgehen. Im Laufe des Tages telefoniere ich noch mit ihr. Unser Gespräch ist von meiner Seite her nicht erzwungen. Bei jedem schrecklichen Detail aus ihrer schweren Zeit, kann ich mit ihr mitfühlen. Am liebsten würde ich sie in meine Arme nehmen. Ich erzähle ihr einfach ein paar Geschichten aus meiner Vergangenheit, sage aber nicht wie lange es schon zurück liegt. Auch ich wurde schon betrogen und weiß wie sehr dieser Vertrauensbruch schmerzen kann.

So geht es einige Tage weiter und Anna vertraut mir immer mehr. Sogar so sehr, dass sie mir etwas anvertrauen will. Das allerdings nur bei einem persönlichen Gespräch. Ich schaue wann Alex frei hat und verabrede mich Tagsüber in einem Café, in Köln mit ihr. Es ist nicht gut besucht und perfekt für uns. Als wir uns begrüßen, wirkt sie sehr herzlich auf mich, dennoch bin ich aufgeregt. Ich habe Angst, dass sie mich durchschaut. Dass sie merkt, dass ich sie eigentlich nur aushorchen möchte. Doch meine Befürchtung scheint unbegründet zu sein. Wir setzen uns und sie beginnt auch schon drauf los zu reden.

»Bisher habe ich es noch niemanden erzählt, aber ich habe das Gefühl, dass ich dir vertrauen kann.«

Mir wird ganz schlecht. Zu wissen, dass sie so viel Vertrauen in mich setzt, um mir alles zu verraten und ich sie eigentlich hintergehe. Es zerreißt mich. Ich bin ein loyaler Mensch, ich mag so etwas nicht. Am liebsten würde ich sie davon abhalten, aber im Hinterkopf höre ich die Verwandten und Freunde der Opfer weinen und leiden. Meine Gefühle fahren eine rasante Achterbahn-fahrt, wo es rauf, runter und im Looping geht. Ich weiß nichts zu sagen, daher nicke ich einfach nur mit einem freundlichen Lächeln.

»Also. Dieser eine Mann hat mich so sehr verletzt, dass ich mich am liebsten umgebracht hätte. Der Verlust dieses kleinen Wesens war nicht gerecht. Er hat mir et-was genommen, was mein Leben war und so ergeht es auch vielen anderen Frauen. Ich bin auf hundertachtzig wenn ich mitbekomme, wie die Kerle mit ihren Frauen umgehen. Wenn ich zum Beispiel in eine Bar gehe und mich flirtet jemand an, achte ich darauf, ob derjenige ei-nen Abdruck von einem Ring hat oder ich schaue auf das Handydisplay. Wenn dort eine Frau zu sehen ist, ist doch schon alles klar. Ich habe ein wenig im Internet re-cherchiert und da gibt es eine Pflanze. Wenn man diese zermahlen trinkt, dann bekommt er luzide Träume«, erklärt sie.

Doch ich verstehe das alles nicht recht und ziehe eine Augenbraue hoch.

»Was für eine Pflanze ist das und was sind diese lu-dingens Träume?«

Anna muss über mich schmunzeln und erklärt es mir.

»Also, diese Pflanze heißt Silene undulata. Sie ist auch bekannt als afrikanische Traumwurzel. Sie fördert luzide Träume. Das bedeutet man erlebt seine Träume wesentlich intensiver. Gerüche und Farben werden bes-ser wahrgenommen. Wenn der Mann das trinkt, dauert es einige Stunden. Sobald er sich schlafen legt, muss ich versuchen den richtigen Zeitpunkt abzupassen. Sobald ich glaube, dass er in der Traumwelt angelangt ist, muss ich mich zur Ruhe begeben. Ich habe unendlich lange gebraucht, um mir das luzide Träumen und Astralreisen selber bei zu bringen. Doch ich kann dir versichern, das funktioniert.«

Ich unterbreche sie und hebe meine Hand ein Stück.

»Ich kann dir nicht folgen. Also das mit der Pflanze habe ich jetzt verstanden, aber was sind bitte Astralreisen?«

»Ah, ich dachte du hättest das schon einmal gehört. Also bei Astralreisen verlässt ein Teil deines Bewusstseins deinen Körper. Wenn du das bewusst einsetzen kannst, hast du die Möglichkeit woanders hin zu gehen, während du schläfst. Dich mit Verstorbenen zu unterhalten oder wie in diesem Fall, die Träume anderer zu lenken. Mit Hilfe dieser Pflanze schaffe ich es, mich in die Träume der Männer einzuschleichen. Ich jage ihnen dann so einen Schrecken ein, dass sie ihr Leben lang nicht mehr froh werden und nie wieder eine Frau betrügen, belügen oder sonstigen Schaden zufügen.«

Ich muss schlucken. Gerade weiß ich gar nicht was ich denken soll. Sie ist doch krank. Wie kann man auf so eine Idee kommen, so etwas überhaupt auszuprobieren? Auch stellt sich mir die Frage, ob sie überhaupt weiß, dass ihre Opfer tot sind. Sie hat bisher nur davon gesprochen, dass sie ihnen Angst einjagt, nicht dass sie die Männer tötet. Anna schaut mich nachdenklich an.

»Jetzt denkst du schlecht über mich.«

Sofort versuche ich aus dieser Situation heraus zu kommen.

»Nein. Nein gar nicht. Ich weiß nur nicht, ob ich das glauben kann. Das klingt so - unwirklich.«

Verlegen lächelt sie mich an.

»Ja, das habe ich auch gedacht, als ich das erste Mal etwas davon gehört habe. Aber es klappt wirklich. Man muss es allerdings lernen und das ist sehr schwer. Also, wenn ich dir mal irgendwie behilflich sein kann, sag mir Bescheid. Ich helfe dir gern.«

Ich nicke ihr zu und wir unterhalten uns noch fast zwei Stunden über alles Mögliche, bis mein Handy schellt. Es ist Alex der sich Sorgen macht. Ich gehe dran, aber tue so als ob es meine Mutter wäre.

»Hallo Mama.«

»Ist bei dir alles in Ordnung? Ich mache mir so langsam Sorgen.«

»Ja klar. Ich bin noch mit einer Freundin unterwegs.«

»Gut, dann pass bitte auf dich auf.«

Ich muss die Chance jetzt ergreifen. So schnell es geht, möchte ich das alles mit ihm besprechen.

»Ja, ich kann dich da gleich hin bringen. Wann musst du denn los?«

»Ich weiß zwar nicht was du vor hast, aber ich lege noch nicht auf«, entgegnet er mir ziemlich verwirrt.

»Ja. Ja das ist okay. Dann mache ich mich jetzt auf den Weg und bringe dich da hin. Ich brauche etwa eine Stunde.«

»Fahr vorsichtig, mein Töchterlein«, verabschiedet er sich mit verstellter Stimme und Gelächter.

Ich wende mich Anna zu und sage ihr, dass ich leider los muss.

»Ach schade. Ich fand unser Gespräch recht toll. Würde mich freuen, wenn wir das wiederholen können.«

»Ja gerne. Ich melde mich am Abend oder morgen Vormittag bei dir.«

Zuhause erzähle ich Alex alles brühwarm. Es wird immer später, doch wir wissen einfach nicht, wie wir das Problem lösen sollen. Scheinbar weiß sie nicht wie gefährlich sie ist. Direkt darauf ansprechen können wir sie aber auch nicht. Scheinbar befinden wir uns in einer Sackgasse, aus der wir nicht heraus kommen. Wir beschließen, dass wir Mark um Rat fragen. Kaum dass wir ihn zu uns eingeladen haben, steht er auch schon auf der Matte.

»Meinen verrückten Freunden stets zu Diensten«, begrüßt er uns schelmisch.

Ich versetze ihm einen kleinen Schlag gegen die Schulter.

»Ah. Nicht schlagen, du Brutalo. Das letzte Mal hat gereicht.«

Wir müssen lachen und setzen uns in unser Wohnzimmer. Alex holt aus der Küche für jeden eine Flasche Bier und gemeinsam arbeiten wir einen Schlachtplan aus. Mark ist der Meinung, wir sollen sie hier her einladen. Dann erklären wir ihr, was für Auswirkungen ihr Handeln hat. Dabei sollen wir sie genau beobachten. Ist sie geschockt und lenkt ein, sollen wir versuchen sie zu einer Therapie zu überreden. Würde sie es aber wissen und bewusst Leute auf diese Art und Weise umbringen, dann sollen wir sie hier so lange festhalten, bis Mark sie mitnimmt. Er hat die Möglichkeit sie im Ausland in ein Sanatorium einweisen zu lassen. Natürlich wieder alles unter der Hand.

Zu gerne würde ich wissen was für Leute er so kennt und warum sie ihm alle Gefallen schuldig sind. Doch ich denke, das wird er uns nie erzählen. Als die letzten Details besprochen sind merke ich erst, wie müde ich doch eigentlich bin. Die beiden Männer plaudern noch und ich lehne mich an der Lehne der Couch an. Viel bekomme ich nicht mehr mit, dann wird um mich herum alles dunkel.

# Alex

Während Mark und ich uns über Fußball unterhalten, spüre ich wie Sue immer mehr zur Seite, zu mir kippt. Kurz beäuge ich sie, dann schnappe ich mir ein Kissen, lege es auf meinen Schoß und halte sie gestützt, bis sie liegt. Mark wirft ihr eine Decke von der anderen Seite der Couch über und dann quasseln wir noch ein bisschen weiter. Mein Freund deutet mit einem Nicken auf Sue.

»Wie lange ist sie denn schon wieder auf?«

»Ah, da habe ich keine Ahnung, aber es war früh.«

»Sie braucht unbedingt einen Job, welchem sie nachgehen kann. Zum einen muss sie mit diesem ganzen übernatürlichen Zeugs aufhören und das auf sich beruhen lassen und zum anderen braucht sie Abwechslung. Andere Kontakte. Sie ist ja wie ein Tier, welches in einem Käfig sitzt.«

Ich weiß was er meint und ja, er hat Recht. Sue hat absolut nichts mehr von ihrem Leben. Sie muss anfangen das Erlebte zu verarbeiten und neu beginnen.

»So. Ich werde mich nun auf den Weg machen. Sagt mir Bescheid wenn ihr wisst, wann ihr Besuch bekommt. Den Weg finde ich alleine raus. Hau rein.«

»Jo, komm gut Heim. Und Mark, danke.«

Als ich die Haustür ins Schloss fallen höre, will ich eigentlich aufstehen und zu Bett gehen, doch ich kann nicht. Es fühlt sich gut an Sue so nah bei mir zu haben.

»Wenn es doch anders gewesen wäre«, sage ich betrübt zu ihr und streiche sanft über ihr Haar.

Dann rutsche ich ein Stück nach unten und lehne mich auch an. Meine Beine lege ich auf dem Tisch ab und recht schnell schlummere ich weg.

# Kapitel 5

Mir tut alles weh, als ich aus dem Schlaf gerissen werde. Sue muss einen schlechten Traum gehabt haben und ist schreiend aufgeschreckt.

»Hey, es ist alles gut. Du bist Zuhause.«

Meine Stimme scheint sie zu beruhigen und sie drückt sich an mich.

»Es war so-o schrecklich«, schluchzt sie und hält sich an mir fest, als wolle jemand sie wegreißen.

»Es war nur ein schlechter Traum. Das war nicht real.«

Mit Tränen in den Augen sieht sie mich an, als müsste sie prüfen, ob sie tatsächlich in der Wirklichkeit ist.

»Sie wollte dich töten. Sie wollte dich, wie all die anderen umbringen. Ich habe gedacht du bist nicht mehr am Leben.«

Es tut mir weh sie so verzweifelt zu sehen, dennoch ist es auch irgendwie ein tolles Gefühl. Sie macht sich Sorgen um mich.

»Sue, ich bin hier. Es ist nichts passiert. Wir haben gleich halb sieben, ich mache uns schnell einen Kaffee. Dann sieht die Welt gleich ganz anders aus.«

Zwar sagt sie ja, doch es dauert noch fast fünf Minuten, bis sie mich wieder aus ihrer Umklammerung frei gibt. Gegen neun Uhr ist dann der Schrecken der Nacht verflogen und Sue schreibt Anna eine Nachricht.

*Huhu Anna. Hast du Lust mich die Tage zu Hause zu besuchen? Ich habe noch eine Woche frei und würde mich freuen, wenn du ein wenig Zeit hast. Sag mir Bescheid, dann gebe ich dir meine Adresse.*

Schnell erhält sie eine Antwort darauf.

*Hallo Karin. Sehr gerne komme ich dich besuchen. Wenn du magst kann ich auch heute schon rum kommen, auch ich habe noch ein paar Tage frei.*

Sue schickt ihr unsere Adresse und ich alarmiere unseren Kollegen. So kann er schon alle Fäden im Hintergrund ziehen, für den Fall der Fälle. Als es nach fast zwei Stunden bei uns läutet, lasse ich Sue die Tür öffnen und ich warte in der Küche auf die beiden. Vorsichtig luge ich um die Ecke, ob sie problemlos über die Falle am Eingang laufen kann und es funktioniert. Somit wissen wir schon einmal, dass sie nicht besessen ist. Ich atme tief durch.

# Sue

»Hallo Anna«, begrüße ich sie, »Komm doch bitte rein.«

Als die Tür sich schließt, geleite ich meine neue Freundin weiter in den Flur hinein.

»Schön hast du es hier. Und das ist dein eigenes Haus?«, staunt sie.

»Nein, nicht ganz. Das Haus gehört einem Freund von mir und er lässt mich bei sich wohnen. Komm, ich stelle ihn dir vor.«

Kurz gerät Anna ins Stocken, was mir nicht verborgen bleibt. Sie mag Männer wohl wirklich nicht. Doch sie setzt eine freundliche Mine auf und folgt mir. Jetzt gerate ich ins Straucheln. Wir haben gar nicht besprochen, wie ich Alex vorstelle. Soll ich seinen Namen sagen oder einfach einen erfinden? Irgendwie ergreife ich direkt das Wort und überlasse meinem Bauch die Entscheidung.

»Das ist Sebastian.«

Alex lässt sich nichts anmerken. Er verzieht nicht einen Muskel, als ich einen anderen Namen sage.

»Möchten die Damen vielleicht etwas trinken?«

Wir nehmen beide ein Wasser und setzen uns dann in das Wohnzimmer, wo auch Alex nach kurzer Zeit zu uns stößt. Er stellt unsere Getränke ab und setzt sich am Ausgang des Raumes, auf die Kante der Couch. Nun ist es wohl so weit. Ich spüre, wie sich mein Herzschlag erhöht und meine Finger beginnen zu kribbeln. Doch ich muss da nun durch. Kurz räuspere ich mich und beginne ohne Umschweife.

»Anna, ich muss ... nein, wir müssen mit dir über etwas sprechen.«

Ihr Blick wirkt verwirrt und wechselt dann zu Furcht.

»Nein, hab keine Angst. Ich will nur mit dir sprechen.«

»Es, es geht um, um die Männer, nicht wahr?«

Ihre Stimme bebt, als sie zu uns spricht und sie wirkt nicht mehr so taff, wie ich sie die letzten Male erlebt habe. Spielt sie uns nur etwas vor?

»Ja, es geht um die Männer«, sage ich in einem ruhigen Ton.

Sofort fällt sie mir ins Wort: »Es tut mir so, so, so leid. Ich habe heu-heute in den Nachrichten mitbekommen, dass einer der Männer er-ermordet wurde. Als sie das Da-datum sagten, habe ich im Internet nach d-den anderen gesucht. Auch sie sind t-tot, nicht wahr?«

Wortlos nicke ich ihr zu. Hat sie das wirklich alles nicht gewusst und nicht gewollt?

»Ich weiß, es ist unendlich schwer was du erleben musstest, doch diese Rache ist zu hart. Du darfst andere nicht umbringen.«

Mit flehendem Blick schaut sie mich an: »Das habe ich nie gewollt. Ich dachte, ich dachte, sie würden nur Angst bekommen. Immer wenn ich wieder zurückgekehrt bin, waren sie nur voller Panik. Ich wollte sie doch nur ängstigen, aber ihnen nicht das Leben nehmen.«

Alex und ich sprechen noch etliche Stunden mit ihr und beraten uns zu dritt. Sie willigt letztendlich ein, sich in eine Therapie zu begeben. Sie bittet uns sogar, sie bei diesem Schritt zu begleiten und fragt, ob wir sie fahren würden. Das ist zum Glück eine Geschichte, die ein gutes Ende genommen hat. Leider nicht für ihre Opfer, aber wir konnten verhindern, dass es weitere gibt und dafür sorgen, dass sie die Hilfe bekommt, welche sie benötig.

Fortsetzung folgt ...